한국 근·현대시 바로 보기

한국 근·현대시 바로 보기

김정신

새미

대학 시절, 레포트로 서정주의 '한국의 미' 시리즈를 요약해서 적어 낸 적이 있었다. 그때는 지금처럼 복사기도 없던 시절이라 베껴쓰면서 공부하는 게 당연한데, 나로서는 베껴쓴다는 것은 생각도 못했다. 후에 알게 된 사실이지만, 학창시절 장가를 간 한 선배는 도서관에 가서 좋은 글들을 베끼고 베껴 그 글을 음미했다고 한다. 미당의 글에 반한 나는 이후에 그 시리즈와 같은 글을 창작, 소유하고픈 욕망이 들기도 했다.

그 후 공부를 다시 시작하던 석·박사 시절, 나는 미당을 두 번째 만났다. 물론 책을 통해서였다. 『미당 서정주 시전집』(민음사, 1983)을 읽고 난 후, 미당의 시에 반했다. 한 편 한 편의 시에서 풍겨나는 '매혹'이 나를 미당의 연구로 들어서게 하였다. 결국 석사 논문도, 박사 논문도 미당에 관해서 썼다. 그것도 인연이라면 인연일 것이다.

그동안 발표했던 논문들을 끌어 모아 정리했다. 공부를 시작하면서 쓴 것들부터 최근의 것까지 모았기에 제법 책으로 엮기에 충분하다고 생각되었다. 물론 짧은 글도 있지만 순간순간 최선을 다해 쓴 것들이라 차마 버리지를 못하고 활자화하기로 했다. 1부는 미당 시에 관한 논문을, 2부는 관심을 가지고 보았던 김영랑, 이상, 정지용, 윤동주, 김현승 시에 관한 논문을 묶어 보았다. 이 중 이상은 아직도 나에게 미과제로 남아 있다. 이상에 관한 책들이 너무나 방대해서 아직 공부를 구체적으로 하지 못하고 있기 때문이다. 특히 이상의 병리성에 관한 부분에 있어서는 더욱 그렇다.

이 책이 나오기까지 아직도 나를 돌봐주는 분이 계셔서 힘이 되었다. 전에는 침묵으로 일관하여 지켜봐주시더니, 요새는 잘못한 점이 있으면 그때그때 꾸짖어주시는 권기호 교수님과 학부 때부터 지금까지 돌봐주시는 이주형 교수님, 공부하는 딸을 뒷바라지해준 어머니와 끝까지 아내를 믿어주는 남편에게 고마운 마음을 전한다. 원고 교정을 맡아 본 김두이 님에게도 감사드린다. 그리고 기꺼이 책을 내주시는 정찬용 사장님과 편집부 여러분께 감사의 말씀을 전한다.

2009년 4월
김 정 신

■ 차 례 ■

제2부.
한국 근·현대시의 이해

제1부

미당 시의 새로운 이해

未堂詩에 나타난 '피'의 심상 연구

I. 서 론

1. 연구사 개관

미당 시에 대한 이제까지의 연구들은 "서정주는 정부다."[1] 및 "서정주의 실패는 한국시의 실패다."[2]를 비롯하여 그의 시적 전개와 변모가 다양했던 만큼 다각도로 행해져 왔는데, 주로 초기시에 주안점을 두고 각 시집의 주제 내용적인 변모 양상을 중심으로 논의되어 왔다.

이제까지의 연구를 다음의 몇 가지 유형으로 나누어 볼 수 있다.

첫째, 작품론으로 초기시에 주안점을 두고 후기시와의 관계에 주목하면서 시적 여정에 따른 시세계에 대한 고찰이다. 조연현은 『花蛇集』의 형벌이 원죄의식에서 나온 것이라 규정하고, 초기 시세계의 본질에 대한 최초의 언급을 하였다.[3] 김학동은 『花蛇集』은 행동적이며 육감

---

1) 고은, 「서정주 시대의 보고」, 조연현 외, 『서정주연구』, 동화예술선서, 1980, 290면.
2) 김우창, 「실내작가론①」, 『월간문학』, 1969.3, 243면.
3) 조연현, 「서정주론」, 『서정주연구』, 9 – 17면.

적인 서구 지성의 전통에서 출발하여,『歸蜀途』이후 감성의 세계로 귀의하여, 동양적 정감의 세계로 시적 변모를 보인다[4] 고 하였다. 천이두는『花蛇集』에서『冬天』에 이르는 시인의 자의식의 변모를 '바람', '피' 등의 이미지를 통하여 고찰하였는데, 특히 서정주 시를『花蛇集』의 피의 회오리 바람에서 그 피를 맑히어가는 일관된 변화양상으로 파악하였다.[5]

이외에 김화영은 시가 언어구조라는 입장에서 서정주 시 한 편 한 편의 언어와 이미지의 구조를 따졌고,[6] 김종길은 「<추천사>의 형태」[7]를, 신동욱은 「서정주의 <추천사> 해석」[8]을 썼다.

둘째, 불교사상과 신라정신을 포괄한 사상적인 측면이다. 문덕수는 서정주 시는, 신라정신의 영원주의를 지향하나 신라정신은 영원주의와 현실주의가 융합되어 상호경계가 없다[9]고 하였다. 허세욱은 주역, 노장, 불경이 얻은 無사상을 토대로 하고 있으며, 미당 시의 주조 또한 無사상과 연관되는 노장계열의 작품임을 밝혔다.[10] 전상렬은 미당의 시 「山下日誌抄」와 같은 동양적 정서를 주제로 한 일련의 작품에서 자연과 인간이 혼연일체가 되어서 인간 본래의 소박한 자세를 시화시키고 있다[11]고 했다.

이밖에 미당 시의 불교적 영향을 다룬 연구로는 김운학[12], 김해성[13] 등이 있다.

4) 김학동, 「서정주시인론」,『서정주연구』, 116 – 158면.
5) 천이두, 「지옥과 열반」,『서정주연구』, 198 – 260면.
6) 김화영,『미당 서정주의 시에 대하여』, 민음사, 1984.
7) 김종길,『서정주연구』, 36 – 49면.
8) 신동욱, 앞의 책, 261 – 278면.
9) 문덕수, 「신라정신에 있어서의 영원성과 현실성」, 앞의 책, 50 – 67면.
10) 허세욱, 「도잠과 이백과 미당 사이」, 앞의 책, 334 – 344면.
11) 전상렬, 「서정주론」,『시문학』3, 1971.10, 80 – 96면.
12) 김운학, 「한국현대시에 나타난 불교사상」,『현대문학』, 1964.10, 61 – 73면.

셋째, 시대의식과 연관되는 시인의 현실대응적인, 사회적 측면을 다룬 글이다. 김우창은 미당의 초기시는 육체와 정신의 갈등, 사회와 개인, 자아와 외부조건의 갈등을 솔직하게 인정함으로써 고무적인 출발을 하였으나, 후기시에 있어 종교와 무속적 입장이 일원적 감정주의로 후퇴하여 현실감각을 마비한 자기만족의 시가 되어 버렸다고 평가했다.[14] 이외에 구중서는 현실대응력이 부족하다[15]고 하였고, 김시태는 역사의식이 결여되었다[16]고 보았다.

넷째, 문예사조적인 측면에서 본 것으로 조운제는 한국시의 전통을 고전주의와 낭만주의의 양대 산맥으로 상정하고 서정주를 대표적 고전주의 시인으로 규정하였다.[17]

이외에도 구조주의적 관점에서 공간의식을 규명한 것[18]과 다음과 같은 박사논문[19]이 있다.

2. 연구의 목적

심상이란 시를 구성하는 대표적인 요소 중의 하나로서 의식의 대상

---

13) 김해성, 「서정주론 - 그의 불교사상을 중심으로」, 『월간문학』, 1981.8, 149 - 159면, 1981.9, 151 - 161면.
14) 김우창, 「한국시와 형이상」, 『서정주연구』, 159 - 172면.
15) 구중서, 「서정주와 현실도피」, 『청맥』2의 5, 1965. 6, 115 - 125면.
16) 김시태, 「서정주의 역설적 의미」, 『서정주연구』, 345 - 363면.
17) 조운제, 「서정주의 시사적 위치」, 앞의 책, 322 - 333면.
18) 정신재, 「미당시의 공간의식 - 초기시를 중심으로」, 『동악어문논집』18, 1983. 10, 167 - 190면.
19) 김선학, 「한국현대시의 시적 공간에 관한 연구」, 동아대학교대학원, 1989.
   김은자, 「한국현대시의 공간의식에 관한 연구」, 서울대학교대학원, 1986.
   김창근, 「한국현대시의 원형적 상상력에 관한 연구」, 부산대학교대학원, 1992.
   육근웅, 「서정주시 연구」, 한양대학교대학원, 1990.
   이영희, 「한국현대시에 나타난 삶의 인식방법 연구」, 경희대학교대학원, 1987.
   이진홍, 「서정주시의 심상 연구」, 영남대학교대학원, 1988.

물에 대한 관계, 즉 대상이 의식에 나타나는 방법을 말한다. 그러므로 심상에 대한 연구는 시인의 의식에 대한 연구가 된다. 시인의 의식이란 시적 상상력으로서 바슐라르에 의하면 역동상상력이며 그 속에서는 일체의 형체가 하나의 운동으로 나타나는데 그것은 변화한다고 보고 있다.

이미지 즉 심상이란 시인의 의식의 한 형태를 나타내므로 본고에서는 각각의 기본 심상을 제 1시집으로부터 제 5시집까지 통시적으로 고찰하여 그 의미와 변모의 양상을 추구하되, 서정주 시에 나타난 심상의 의미와 그것의 변모과정을 해명하는 데 논의의 초점을 두었다.

연구의 대상으로는 첫시집인『花蛇集』(남만서고, 1941)부터『歸蜀途』(선문사, 1948),『徐廷柱詩選』(정음사, 1956),『新羅抄』(정음사, 1961),『冬天』(민중서관, 1968)까지로 제한한다.

II. 예비적 고찰

1. 기본 심상의 규정

심상, 즉 이미지는 흔히 마음의 그림으로부터 시를 이루는 요소들의 총체에 이르기까지 다양하게 규정된다.

이미지는 순수 한국어로 모습에 해당하는 말이다. 별도로 映像이라든가 心像이라고도 말할 수 있다. 대개 우리의 체험은 대상에 대한 감각에서 시작된다. 심리학에서는 그것을 머리 속에 다시 그리는 것을 이미지라고 하므로[20], 이미지는 심리학적 현상인 동시에 문학적 현상이다. 왜냐하면 이미지는 신체적 지각·기억·상상·꿈·열병 등에

---

20) 김용직,『현대시원론』, 학연사, 1988, 175면.

의해서 마음 속에 생산될 뿐 아니라 언어에 의해서도 생산되기 때문이다. 기억·공상·상상 특히 상상은 이미지를 만들어내고 이미지들을 결합시키는 심상형성기관(image–maker)으로써 주목되며 표현론에서처럼 핵심적 비평 개념이 된다.[21]

에즈라 파운드는 심상을 회화적인 재현으로서가 아니라, "일순간에 지적 및 정적 복합을 나타내는 것", "전연 별개의 여러 관념을 통일하는 것"이라고 정의하였다.

시각적인 심상은 하나의 감각 혹은 지각이다. 그러나 또 그것은 눈에 보이지 않는 무엇, "내면적인" 무엇을 "나타내고 있다", 혹은 그러한 것을 지시하고 있는 것이다.[22] 여기서는 워어렌의 "이미지는 묘사로 존재할 수도 있고, 은유로 존재할 수도 있다."는 입장을 취하기로 한다.

한 시인의 작품 속에서 일정한 어휘가 반복해서 나타날 때 그것을 모티프라고 하는데, 그것은 주제와 긴밀히 관련되어 있다. 즉, 모티프는 반복해서 나타나는 어휘적 사실이고, 주제는 그것이 지닌 내적 의미인 것이다. 예컨대 『花蛇集』에는 '피'라는 어휘가 반복되어 나타나고 있는데, 그 어휘는 모티프이고 그것이 상징하는 생명적 충동은 주제가 된다. 이 때 주목할 점은 '피'라는 어휘 자체가 아니라 그 피가 지닌 '심상'이라는 사실이다. 그것은 '피'라는 어휘적 사실이 상상력을 불러 일으키는 것이 아니라 피의 '심상'이 상상력을 불러 일으키기 때문이다. 따라서 이 '피'라는 모티프가 지닌 심상은 시인의 시적 상상력을 불러 일으키는 요소로서 시의 주제와 긴밀하게 연결되어 있어 시를

21) 김준오, 『시론』, 이우출판사, 1988, 87면.
22) René Wellek/Austin Warren, 백철·김병철 역, 『문학의 이론』, 신구문화사, 1982, 253면.

해명하는 단서가 된다. 그러므로 본고에서는 이런 심상에 주목하여 이 것을 기본심상이라고 부르기로 한다.

2. 기본 심상의 선정

본고에서 논의하고자 하는 작품은 첫시집 『花蛇集』으로부터 제 5시 집 『冬天』까지 총 156편이다. 여기에서는 출현 빈도수가 높은 심상을 선정하되 작품을 단위로 하였고, 심상의 투사성과 강렬도 및 원형성을 고려하여 기본 심상을 선정하였다.[23]

그리고, 여기에서 밝혀둘 점은 『徐廷柱詩選』에서의 작품 20수는 「解放後 詩篇其壹」(詩集 『歸蜀途』收錄分)과 「解放前 詩篇其壹(詩集 『花蛇集』收錄分), 「解放前 詩篇 其貳」(詩集 『歸蜀途』收錄分)을 제외한 「解放後 詩篇 其貳」(詩集 『歸蜀途』以後)만을 연구 대상으로 삼았다.

<표 1>

시집명 작품수 \ 심상		피	물	불	바람	꽃	여인
화 사 집	24	14 (58)	17 (71)	7 (29)	5 (21)	15 (63)	19 (79)
귀 촉 도	24	6 (25)	18 (75)	9 (38)	13 (54)	17 (71)	16 (67)

---

23) 이진홍의 『서정주시의 심상연구』(8-11면)에 의하면 이와 같은 원칙에 의거하 여 바람, 피, 꽃, 여인을 택하여 논의를 전개시켜 나갔다. 특히 그가 '피'를 선택한 것은 그것이 강렬도가 높고 투사성이 크기 때문이다. 그는 피를 그 색깔의 강렬한 인상과 더불어 출혈하는 상처의 고통 그리고 생명과 죽음으로 유추된다고 보고 있다.

서정주시선	20	0 (0)	13 (65)	0 (0)	4 (20)	12 (60)	17 (85)
신 라 초	38	10 (26)	23 (61)	7 (18)	3 (8)	10 (26)	27 (71)
동 천	50	4 (8)	32 (64)	5 (10)	10 (20)	29 (58)	31 (62)
합 계	156	34 (22)	103 (66)	28 (18)	35 (22)	83 (53)	110 (71)

위에서 살펴본 대로 여인, 물, 꽃, 바람, 피, 불의 순서대로 심상들이 나타나지만 시의 이슬에 언제나 섞여 있는 몇 방울의 피, 그것은 서정주 시의 본질을 해명하는 데 매우 중요한 단서, 달리 말해서 그의 시의 기반을 드러내주는 중요한 기본 심상이 되므로 여기에서는 심상의 의미를 살피되, '피'의 심상에 한해서 살펴보기로 한다.

3. 피의 선정 방법과 그 이유

아또도 후리스의 『이미지 심볼 사전』에 의하면 피에 대해 다음과 같이 설명하고 있다. ① '마음'과의 관련 : 흘러나오는 피에 융합되고 심장에 닿는 감미로운 감정 ② 일반적으로 생명의 머무는 곳으로서의 피는 야훼에게 바쳐지기 때문에, 신성하게 해서 범하지 말 것이라는 터부가 된다. 「레위기」 17장 11절에는 다음과 같이 쓰여져 있다. : 생명은 피 속에 있다. ③ 자신의 피를 흘려 처음으로 보상받는다. : 사람의 피를 흘리는 자가 있다면, 사람의 손에서 그 피가 흘러나온다. (「창세기」 9장 6절). 그리스도의 피는 전 인류를 구속한다. ④ 피는 명계와의 관련이 있기 때문에, 바빌론에서는 예언의 영감을 얻기 위해서 피를 마셨다. ⑤ 토마스에서는 '방울져 떨어진 피'를 탄생의 피로, 모친

의 슬픔을 암시해 준다. 또 '봄의 나쁜 피'는 「창세기」에서 흘러나오는
아벨의 피, 청년기의 불순한 혈기, 그리스도의 수난(부활제 – 봄)의 피
를 나타낸다.[24)]

> 서정주의 생애를 지배하여 온 것이 그 숙명적인 '바람'이라면 그러
> 한 바람을 불러 일으키게 하는 기본적인 誘因이 되는 것은 '피'다. 사실
> 『花蛇集』에서 『冬天』에 이르기까지 그의 시에는 언제나 몇 방울의 피
> 가 섞여 있기 때문이다. 그의 시의 생애는 단적으로 말해서 자신의 피
> 를 어떻게 다스려 나가는가의 고된 싸움이다.[25)]

본고에서는 피의 심상이 표면적으로 나타난 것만 논의의 대상으로
삼았으므로, 「문둥이」에서의 "해와 하늘빛이/문둥이는 서러워// ……
//꽃처럼 붉은 우름을 밤새 우렀다."는 시구에서처럼 이면적으로 '피'
의 심상이 내재되어 있는 시들은 논의의 대상에서 제외시켰다.

앞의 <표 1>에서 보듯이, 피는 『花蛇集』에서 14수 나타나고, 『歸
蜀途』에서는 그 빈도수가 줄어들어 6번 나타나고, 『徐廷柱詩選』에 오
면 자취를 감추어 한 번도 나타나지 않는다. 본고에서는 이러한 원인

---

24) ① 「心」との關聯 : 血潮に溶けのみ心藏に觸れる甘美な感情
　②一般に生命の宿るところとしての血はヤハウエに捧げられるので,神聖にし
　て犯すべからざるタブ-となる゜<レビ>17,11には次のように書かれている :
　命は血の中にある゜
　③ 自分の血を流して初めて償い得る : 人の血を流す者があれば,人の手でその
　血が流される(<創世記>9,6). キリストの血は全人類を贖う.
　④血は冥界との關聯があるので,バビロンでは豫言の靈感を得るために血を飮んだ.
　⑤ トマスでは「滴り落ちた血」は誕生の血で,母親の悲しみを癒してくれる. ま
　た「春の惡い血」は<創世記>で流されるアベルの血, 青年期の不純な血氣, キ
　リストの受難(復活祭-春)の血を表す. ーアト-ド ・ フリース,『イメ-ジシンボル
　事典』,大修館書店, 1984, 68 – 70면.
25) 천이두, 앞의 글, 208면.

이 어디에 있으며, 이런 현상이 『新羅抄』에 오면 다시 증가하여 10번 나타나고 있으며, 『冬天』에서는 4번으로 다시 감소하여 나타나는지를 알아보고자 한다. 따라서 본고에서 실질적으로 논의하고자 하는 작품은 총 156편 중 34편이라고 할 수 있다.

이처럼 다각적인 견해로 유추해 본다면, 미당 시의 원초적 생명에의 충동과 관능적인 감각을 느끼게 하는 점이나 잠재된 생명력과 그 본능에 대한 미학적 추구가 피를 상징적으로 표상하고 있으며 또한 인간의 숙명적 근원으로서의 피를 연상해서 얻는 시적 승화가 두드러지게 나타나고 있다고 보았기 때문이라고 할 수 있다.

III. 피의 심상

1. 원초적 생명과 육체적 관능

『花蛇集』에 대한 종래의 비평적 반응은 육체와 정열로 끌어올려 서구적인 표현 형태로 시험했다[26], 어느 서정시인보다 리얼리스틱하다[27], 그의 초기시와 후기시를 대비시켜 보면 위선적인 면과 위악적인 면, 동물적인 면과 식물적인 면이 공존하고 있다[28], 시집 전체의 밑바닥에는 벽에 갇힌 자의 어둠이 잠재해 있다[29]고 보는 견해들이 있다.

『花蛇集』을 관통하고 있는 격정적 상태는 피의 이미지를 통하여 동물적 관능의 세계를 표현한다. 이때 피의 성질은 물보다 불에 가깝다. 아니, 피 그 자체로 불탄다. 불은 초생명이다. 그것은 선과 악을 동시에

---

26) 김학동, 앞의 글, 118면.
27) 송욱, 「서정주론」, 『서정주연구』, 18면.
28) 김시태, 앞의 글, 345면.
29) 김화영, 「미당 서정주론(上)」, 『세계의 문학』29호, 1983년 가을호, 245면.

제1부 1장 未堂詩에 나타난 ·피·의 심상 연구 21

단호하게 받아들일 수 있는 진실로 유일한 것이다. 그것은 낙원에서 빛나고 지옥에서 탄다.

미당 시에 나타난 원초적 물질 중에서 매우 중요한 위치를 차지하는 피는 또한 인체의 가장 중요한 원소이기도 하다. 우주의 모든 물질을 물·불·공기·대지의 4원소로 분류했을 때, 피는 물과 빛의 결합된 중간적 성질의 이미지라고 볼 수 있다. 일종의 액체로서 유동적인 성질은 물에 가깝지만, 시각적인 면에서의 시적 이미지는 불에 가깝다. 피는 조금만 뜨거우면 불타오르며, 그 격렬함이 조금만 수그러져도 물에 가까워진다. 피 속에는 인간을 존재하게 하는 생생한 불이 체류한다.[30] 불이란 생명이고 불을 간직하고 있는 것은 바로 생명의 씨를 간직하고 있는 것이다.[31]

앞에서 언급한 것처럼 미당 시에서 피가 빈번하게 등장하는 것은 그것이 지니고 있는 여러 가지 특질들, 예컨대 붉은 색깔이 지닌 뜨거움과 공격성, 그것에 대한 열정, 상처와 파괴로부터 비롯되는 위협과 공포, 고통 등이 그의 시세계를 드러내주는 기본적인 요소들이기 때문이다.

다시 말하자면 초기 시집인『花蛇集』은 원색의 판도 위에 그려진 그의 생명신앙의 고백이라 할 수 있다. "흐르는 코피"처럼 강렬하고도 원색적인 생명감을 그는『花蛇集』에서 쏟아내고 있는 것이다.

피는 신성한 제물이고 생명을 상징하므로, 피를 신에게 바치는 것은 생명을 바쳐 복속하는 맹세의 뜻으로 간주되었다. 생명의 근원이 심장에 있다고 하여 제물의 심장을 끄집어내어 제단에 바치던 습속은, 차차 죽인 제물을 제단에 바치는 것으로 바뀌어갔다. 신이 그 싱싱한 피

---

30) Gaston Bachelard,「불의 정신분석」,『불의 정신분석·초의 불꽃 외』, 민희식 역, 삼성출판사, 1992, 123면.
31) 앞의 글, 96면.

와 생명감으로써 쇠퇴한 신성의 힘을 돋운다는 연상은, 신이 먹은 제
물은 제의가 끝난 다음에 인간이 음복하는 과정을 통해 신과 인간이
하나가 된다는 의식을 낳았다. 따라서 피는 그 생명감에 의해 신의 활
력소로 비춰지고 신의 거룩한 징표로 간주되었다. 그래서 피를 통한
맹세는 신을 두고 하는 맹세가 되었다.[32]

· 몇방울의 피가 언제나 서껴있어

—「自畵像」

· 크레오파투라의 피먹은양 붉게 타오르는

—「花蛇」

· 强한 향기로 흐르는 코피

—「대낮」

· 피 흘리고 간 두럭길 두럭길에

—「麥夏」

· 고요히 吐血하며 소리없이 죽어갔다는 淑은

—「瓦家의 傳說」

· 피가 잘 도라……

—「봄」

· 보래 피빛 속으로 젖어

—「서름의 江물」

· 좋게 푸른 하눌속에 내 피는 익는가

—「斷片」

· 피빛 저승의 무거운물결이 그의쭉지를 다적시어도

—「부흥이」

· 다붙은 내입설은 피묻은 입마춤과

—「正午의 언덕에서」

---

32) 한국문화상징사전편찬위원회, 『한국문화상징사전』, 동아출판사, 1992, 615면.

· 어찌하야 나는 사랑하는자의 피가 먹고싶습니까

—「雄鷄(下)」

· 밤과 피에젖은 國土가 있다.

—「바다」

· 피와 빛으로 海溢한 神位에

—「門」

· 그들의눈망울속에, 핏대에, 가슴속에 드러앉어

—「復活」

　『花蛇集』에서 피의 심상이 나타나 있는 앞의 14수 중, 먼저 「自畵像」
을 살펴 보기로 한다.

　　　애비는 종이었다. 밤이기퍼도 오지않았다.
　　　파뿌리같이 늙은 할머니와 대추꽃이 한주 서 있을뿐이었다.
　　　어매는 달을두고 풋살구가 꼭하나만 먹고싶다하였으나…… 흙으로
　　바람벽한 호롱불밑에
　　　손톱이 깜한 에미의아들.
　　　甲午年 이라든가 바다에 나가서는 도라오지 않는다하는 外할아버지
　　의 숯많은 머리털과
　　　그 크다란눈이 나는 닮었다한다.
　　　스믈세햇동안 나를 키운건 八割이 바람이다.
　　　세상은 가도가도 부끄럽기만하드라
　　　어떤이는 내눈에서 罪人을 읽고가고
　　　어떤이는 내눈에서 天痴를 읽고가나
　　　나는 아무것도 뉘우치진 않을란다.

　　　찰란히 티워오는 어느아침에도
　　　이마우에 언친 詩의 이슬에는

몇방울의 피가 언제나 서껴있어
볓이거나 그늘이거나 혓바닥 느러트린
병든 숫개만양 헐덕어리며 나는 왔다.

－「自畵像」전문

출발기의 미당이 시를 '이슬'로 표상했는데, 이슬이 정신적인 존재
를 표상한다면 피는 육신적인 생명의 상징이다. 이슬이 초월적인 것이
라면 피는 현실적인 것이고, 전자가 천상적이라면 후자는 지상적이라
할 수 있다.

이슬은 원형적 상징으로서 '물'의 특수한 변형이다. 물은 정화의 특
성과 생명을 유지시키는 특성을 지닌다. 따라서 '순수'와 '새 생명'을
의미한다. 한편 바슐라르는 상상적 생명의 관점에서 이슬은 물의 신실
한 결정이라고 보고 천국의 물질이 배어들어간 순수한 물[33]로 간주한
다. 이슬은 물질적으로 말하면 모든 것을 뚫고 들어가는 우주적인 섬
세함의 정신이라고 보았다. 따라서 이슬을 통해 상상하는 보편적 생명
의 순환은 하늘과 땅을 더 강한 연대관계로 맺어 준다고 설명하고 있
다.

그런데 문제는 피다. 피는 원형적 상징으로서 선과 악의 두 요소로
서 구성되는데, 긍정적인 면에서는 생명을 상징하고 부정적인 면에서
는 사회적 금기, 혹은 죽음을 상징한다. 이는 탄생과 죽음이라는 육체
적 양상을 대표하는 것이다. 또한 자연적 원리로서의 피는 무서운 형
벌을 의미한다.

피는 미당의 초기시에서 관능을 자극하고 파괴욕을 부추기는 어두

---

33) Gaston Bachelard, 「대지와 의지의 몽상」, 앞의 책, 민희식 역, 384면.

운 세계의 상징이다. 그러므로 '이슬' 속에 피가 '서껴' 있다는 것은 시정신 속에 피가 작용하고 있다는 것이며, 어두운 세계에 의해 단련된 시정신을 뜻하는 것이며, '세상'에 의해 불순하다고 낙인찍히는 추한 정념을 뜻하는 것이며, 무엇보다도 그것은 정념의 소재 표시라고 읽을 수 있게 되는 것이다. 초기시에서의 정념은 어두운 세계에 강하게 매겨져 있었던 것이다.[34)

피란 과도하게 흘리면 죽음을 초래하기 때문에 피가(공공연하게든 그렇지 아니하든) 죽음의 상징이 되는 것이다. 또한 처녀성의 상실, 여성의 월경과도 관련되는데 이것은 좀더 미개한 사람들에게 있어 흔히 금기성을 띤다.[35)

따라서 「自畵像」을 위시한 초기시에 나타나는 피는 인간의 육체적 양상을 의미하는데, 그것은 생명력과 육체적 탐닉의 이율배반성을 대표하고 있어서 고통스런 형벌을 자초한다.

이상과 같은 피와 이슬의 상징적 의미를 「自畵像」에 적용하면, '詩의 이슬'은 육체적 요소인 피가 그 이율배반성을 극복하기 위해 지향하는, 찬란히 티워오는 '아침'에 도달하려는 정신적 의지가 낳은 결정체다. 이슬은 밤의 어둠을 극복하고 피를 여과하여 밝은 아침에 시인의 이마 위에 얹힌다. 따라서 '이슬'을 육체적 욕망과 생명력의 충돌 속에서 그 정화를 통해 순수한 새 생명을 얻으려는 정신적 지향의 산물로 보고, 그 피가 지향하는 목표점은 어둠을 극복하는 '찬란한 아침'이라고 보는 것이다. 요약해서 말하자면, 「自畵像」에 나타난 핵심적인 대립개념은 피와 '아침'이 된다. 이 광명의 아침을 가능하게 하는 신체

---

34) 채명식, 「미당시와 정념 통어의 방법 - <서정주시선>을 중심으로」, 『동악어문논집』24, 1989.12, 404면.
35) Philip Weelwright, 『은유와 실재』, 김태옥 역, 문학과 지성사, 1982, 116면.

는 빛인데, 그것은 「花蛇」에서 '푸른 하늘'로 나타난다.

그런데 미당의 시의 이슬에는 언제나 "몇 방울의 피"가 섞여 있다. 이것이 서정주만의 독특한 시관을 표출하는 말이다. 이슬 속에 섞인 피 — 이것이 바로 미당이 대면한 최초의 시적 인식이다. 그가 가장 먼저 만난 세계는 피의 어둠, 피 속에서의 갇힘, 그리하여 병든 개처럼 헐떡여야 하는 동물의 세계라 할 수 있다. 동물성으로서의 피는 이슬에 이르는 조건이다. 그렇기 때문에 피는 눈물이나 체념, 망각으로 걸러지는 것이 아니다. 피는 시를 찾아가는 동물적 동력인 동시에 또한 그 동력에 힘입어 다스려야 할 대상으로 보았다는 데에 이 젊은 시인의 직관적 깊이가 있다. 그 피의 세계 속에 온몸을 던질 때, 피는 저주의 대상인 동시에 물리칠 길 없는 유혹이 된다. 생명적 동력으로서의 피는 열과 밀도와 저 원색의 붉은 빛을 그 특징으로 한다. 적색은 힘참과 쾌활함 및 생식력과 남성미를 나타낸다. 때로는 잔인성을 나타내기도 하고, 또한 격렬함과 명랑함 및 생동력이 넘치는 색을 뜻하기도 한다.36)

피와 붉은 색깔과 같이 가까운 친척관계의 경우에 있어서는, 서로간에 표현하는 것이 명백하다. 즉, 붉은 색의 열렬한 특징적인 자질은 피의 상징주의를 널리 퍼뜨리고, 피의 생명유지에 필요한 성격은 붉은 색의 중요성을 알린다. 분열된 피에 있어서 우리는 희생의 완벽한 상징을 가진다. 고대에 있어서 죽은 자에게 그리고 영혼과 신에게 바치는 모든 유동적인 물질(적어도 우유, 꿀과 포도주)은, 피의 이미지, 즉 모든 것 중에서 가장 귀중한 제물이다.37)

---

36) 유관호 편저, 『색채이론과 실제』, 청우, 1991, 138면.

37) In cases of relationships as close as that between blood and the colour red, it is evident that both are reciprocally expressive : the passionate quality characteristic of red pervades the symbolism of blood, and the vital character of blood informs the

무속 현장에서 피를 뿌리는 정화의 형식은 많이 변질되어 나타난다. 시신을 매장할 때, 몸에 붉은 흙을 뿌리는 것은 그 붉은 색이 피의 색이고, 또 피는 생명을 상징하므로 재생을 위한 주술 행위이다. 무속이나 민간신앙에서 붉은 빛이 선호되는 까닭은 신의 영험을 드러내는 빛이 붉은 빛이기 때문이다. 오행 사상에서 남방을 적색으로 상정하는 것도 뜨거움, 열기 등 생명의 활력과 관련이 있다.[38]

이 동물적 이미지와 함께 나타나는 피는 인간의 심적 상태를 나타내 주고, 금기나 형벌, 생명과 죽음 등의 원초적 의미를 지니면서 지속적인 열정을 보여주고 있다.[39] 이런 피의 원초적 강렬한 생명력은 언제나 달성하려는 욕망 때문에 불꽃처럼 타오른다.[40]

피는 몸속을 돌고 흐르고 그러면서 인간의 생명을 유지시켜 준다. 피는 생명이다. 피는 인간적인 것, 살아있는 것, 자유로운 것이다. 그는 시를 통해 고귀한 것만이 아니라 인간으로서 벗어버릴 수 없는 육체성, 한계성, 악마적인 매혹 등을 포용한 인생 전반을 나타내고자 한 것이다.[41]

「自畵像」속에서의 피는 식민지 상황을 삶의 테두리로 인식하게 됨에 따라 병듦과 죄의식의 의미로 읽혀진다. 병듦과 죄의식의 의미는 '죄'와 '병든 숫개'에서 찾아볼 수 있다.

---

significance of the colour red. In split blood we have a perfect symbol of sacrifice. All liquid substances(milk, honey and wine, that is to say) which were offered up in antiquity to the dead, to spirits and to gods, were images of blood, the most precious offering of all. — J.E.Cirlot, 『A Dictionary Symbols Philosophical Library』(New York), 1962, 28면.

38) 한국문화상징사전편찬위원회, 앞의 책, 615면.
39) 정신재, 앞의 글, 171면.
40) 강우식, 「서정주시의 상징연구 — 초기 시집을 중심으로」, 한양대 석사논문, 1983, 21면.
41) 강성자, 「서정주와 윤동주 자의식 비교」, 『청람어문학』7, 1992.7, 118면.

앞의 시 「自畵像」에는 『花蛇集』의 전 노정을 통한 씨의 굴욕과 유 랑과 천치와 죄의 의식이 가장 노골적으로 표시되어 있다. "애비는 종 이었다"는 이 굴욕의식! "스믈세햇동안 나를 키운건 八割이 바람"이 라는 이 유랑의식! 그리고 "어떤이는 내눈에서 罪人을 읽고가고/어떤 이는 내입에서 天痴를 읽고" 갔다는 죄의 의식과 천치 의식이 그것이 다. 씨가 어쩔 수 없는 한 개의 운명처럼 경험하고 수락하지 않으면 아 니되었던 모든 고통과 고뇌는 씨의 이러한 인류의 원죄의식에 집행된 한 개의 원죄의 형벌이었던 것이다.[42] 그러므로 씨의 모든 운명적인 업고가 인류의 원죄의식에서 왔다는 것이다.

『花蛇集』의 원죄의식은 우리가 자아를 끝없이 파헤치고 돌아보는 데서 생긴 정신주의의 결과다. 그에 반해서 시에 나오는 방황과 충동, 갈등은 아무리 줄잡아도 경험과 실제, 감정과 실재, 세계와 자아를 제 각기 인정하는 데서 출발하는 것이다. 다시 말하자면 원죄는 종교상의 문제이며 그런 경우 그 정신적 자장은 항상 일원주의 쪽에 있다. 그러 나 미당의 이 무렵 시에 나타나는 모순, 충동, 갈등, 방황은 항상 자아 와 세계의 독자성을 전제로 한 이원주의에 관계된다.[43]

그리고 미당 시에 있어서 '바람'은 젊은 날의 고뇌와 시련과 방황을 의미하며, 피는 열병처럼 앓던 그 무수한 격정의 나날 속에서 얻었으 리라 여겨지는 고향 상실증이다. 이 마음의 병은 화자의 부끄러움이 반영된 정신적인 고아의식, 생득적인 죄인의식이며, 그것은 바로 부 (父)의식의 상실에서 기인한다. 여기에서 화자의 부끄러운 자화상은 그로테스크한 이미지에 투영된다. 그것은 큰 슬픔으로 태어난 징그러 운 뱀, 해와 하늘빛이 서러운 문둥이, 내 입에서 천치를 읽고 가는 벙어

---

42) 조연현, 「원죄의 형벌」, 김시태 편, 『한국 현대 작가 · 작품론』, 이우출판사, 1988, 307면.
43) 김용직, 「직정미학의 충격파고 — 서정주론」, 『현대시』3의 2, 1992.2, 202면.

리와 같이 원죄와 천형으로 저주받은 엽기적인 형상이다.[44]

미당의 초기시에서 보여준 피와 살의 몸부림은 격렬하게 고뇌하는 젊은 영혼의 초상이다. 그것은 우리 시사에 영원히 현존할 자화상이다. 그 자화상은 바로 야성적인 이브의 초상으로, 또는 뱀·문둥이·벙어리·앉은뱅이·병든 숫개 등으로 투영되는, 1930년대 집단적 자화상이기도 하다.

앞에서 살펴 보았듯이, 미당의 시적 역정은 이 지상적인 피의 세계(육신적 삶)로부터 천상적인 이슬의 세계(정신적인 삶)로 나아가는 과정이고, '이슬'과 피라는 대조적인 요소가 언제나 섞여 있는 것은 미당에게 있어서는 하나의 시인적인 운명에 연유되는 것 같다. 피는 생명을 실현하는 에너지이다. 피는 상처의 증상이고 상처는 육신의 파괴로서 비상사태를 나타낸다. 피에서 '이슬'로의 이행은 비상사태를 통해서 가능하다. 시인은 상처를 입은 사람으로서 피를 흘리는 인간이다. 그러므로 시인의 숙명적인 피는 『花蛇集』에서 관능적인 몸부림으로 터진다. 그것은 우리 생의 원초적인 기쁨에 닿아 있기 때문이다.

청년 시인 미당은 1930년대 상황의 피냄새를 혼신으로 들이마신 민감한 후각의 소유자였다. 그의 처녀시집 『花蛇集』에서 보여준 존재론적 자기 격투의 드라마는 비릿하면서도, 매혹적으로 이끌리는 강렬한 피냄새의 충동으로부터 비롯되고 있다. 이 피냄새를 즉물적인 감각으로 전이하여 浮彫한 그로테스크 리얼리즘이 바로 표제인 花蛇, 곧 꽃뱀인 것이다. 화사는 문자 그대로 보들레르적인 '악의 꽃', 죄악의 상징적 화신이다. 이것은 청년 시인 미당의 정신적 외상을 형상화한 것에 지나지 않는다.

「花蛇」의 피는 정신적인 순수한 면과는 대립되는 육체적 관능에 가

---

44) 송희복, 「서정주 초기시의 세계」, 『현대시학』 268, 1991.7, 83면.

쁜 숨결을 촉발시켜 주고 있다. 이는 달아남과 뒤좇음의 역동성에 의
해 더욱 급박한 감을 자아내고 있다. 그리하여 피의 붉은 색채는 충일
해 있는 자기 내부의 내적 가능성 속에서 육체의 색인 황색의 심상 쪽
으로 이끌려가게 된다.

  麝香 薄荷의 뒤안길이다.
  아름다운 베암……
  을마나 크다란 슬픔으로 태여났기에, 저리도 징그라운 몸둥아리냐
  꽃다님 같다.
  너의할아버지가 이브를 꼬여내든 達辯의 혓바닥이
  소리잃은채 낼룽그리는 붉은 아가리로
  푸른 하눌이다. ……물어뜯어라. 원통히 무러뜯어,

  다라나거라. 저놈의 대가리!
  돌 팔매를 쏘면서, 쏘면서, 麝香 芳草ㅅ길
  저놈의 뒤를 따르는것은
  우리 할아버지의안해가 이브라서 그러는게 아니라
  石油 먹은듯…… 石油 먹은듯…… 가쁜 숨결이야

  바눌에 꼬여 두를까부다. 꽃다님보단도 아름다운 빛……

  크레오파투라의 피먹은양 붉게 타오르는 고흔 입설이다 ……슴여
라! 베암
  우리순네는 스믈난 색시, 고양이같은 고흔 입설 ……슴여라! 베암.

                                        ─「花蛇」전문

미당 시의 출발이라고 할 수 있는 이 작품에서는 넘쳐 흐르는 것과 같은 생명감과 잠재된 힘을 발산하려는 적극적인 태도가 엿보이며, 보들레르풍의 마성은 원초적 생명에의 짜릿한 충동과 관능적인 감각을 느끼게 한다.(더구나 여자의 "피먹은" 입술에 스민 뱀을 통한 원한이 깃들어 있는 관능이 이 시의 장점을 이르고 있다.) 양면성을 띠고 있는 이 시편은 저주와 혐오 등 악의 양태로 나타나는가 하면, 그 '징그러움'으로부터 '꽃다님보다도 아름다운 빛'의 유혹의 양태로 나타난다.

그러한 양면적인 시세계 가운데서도 그 밑바닥에는 미학적인 기류가 흐르고 있으며 넘쳐 흐르는 생명력의 분출을 볼 수 있다. 또한 잠재된 생명력과 그 본능에 대한 동경과 애착을 나타냄으로써 원초적인 형상미, 생명미를 추구 시도한 차원 높은 작품[45])이라고 볼 수 있다. 문명을 아랑곳없이 여기는 미당의 개성 표현이기도 하다.

『花蛇集』에 실린 초기 시편에는 보들레르가 말하는 인간의 두 가지 축원 중 神으로 향하는 정신적인 상승의 욕망보다는 악마로 향하는 육체적인 전락의 기쁨이 많이 나타난다. 그리하여 「花蛇」에서는 구태여 선악이라는 뚜렷한 구별을 의심함이 없이 육체적 관능과 혼란, 광란, 환희 속에 미추도 함께 용해되며, 육체의 매혹 속에 전 생명을 투기하여 육체의 욕망과 정열의 와중에 뛰어들기도 한다. 여기에 사용되는 것이 동물적 이미지다. 열심히 사는 것을 "병든 숫개만양"(「自畵像」)으로 표현한다든지 악마의 상징으로 "베암"을 끌어온 것은 다 그러한 원인에서다.

무의식적 본능까지도 거침없이 뿜어낸 직정적이고 생명적이고 본질적인 그의 육성은 좀더 생명적이며 근원적인 차원으로 끌고 들어가는 전라의 열띤 몸부림의 음악이며, 자기 생명의 고열성의 언어이기도

---

45) 정봉래, 「서정주론 서설」, 『비평문학』4, 1990. 9, 188면.

하다.

여기서 말하는 "가쁜 숨결"이야말로 피의 이율배반 속에 몸부림치는 젊은 서정주의 이그러진 초상을 탁월하게 반영하고 있는 것이다.[46) 이 시는 "베암"이 주된 이미지가 되어 원초적 생명을 추구하는 것인데, 뭉클한 원죄의식 같은 암시 속에서 피의 원형이 내재함을 느낀다. 천이두는 "「花蛇」라는 작품에 있어서 피의 상징적 표상이라 할 수 있는 베암", "인간 숙명의 근원으로서의 피를 연상해서 얻은 것"이라 하였으며, 전체적으로 피가 주조를 이룬 채 인간의 원초적 죄의식을 드러내고 있다고 보았다.

여기서 "베암"은 시인의 내면 깊이 숨어있는 동물적 본능과 육체적 욕망을 육화한 시적 상관물이다. "베암"은 자신도 알지 못하는 "크다란 슬픔으로 태어난" 숙명과 천형에서 벗어나고 싶어 푸른 하늘을 지향하지만 그것은 좌절된다. 땅을 기어다니는 지상적 한계를 지닌 존재인 것이다. 따라서 '花蛇'는 지상적 존재로서 육체적 욕망의 상징인 피의 이미지와 결부된다. 이는 푸른 하늘과 극한적인 대립구조를 형성한다. 이 대립은 지상/천국의 대립이며 시인의 의식내부에서 그것은 육체/정신의 대립으로 귀속된다.

시인은 화사 혹은 피의 향연을 통해 황홀한 전율을 체험하고 있으며, 그것을 성적인 분위기로 이끌고 있다. 즉 피는 뚜렷이 동물성을 띠면서 시가 찾아가는 생명적 동력, 저주와 매혹 사이의 긴장된 자장 속에서 생겨나는 원초적인 생명력이 된다.[47)

「花蛇」가 표현하고 있는 시인의 태도는 양면적이다. 베암은 우선

---

46) 최원규, 「서정주의 「화사」— 존재의 심연과 관능의 음악」, 정한모 · 김재홍 편저, 『한국대표시 평설』, 문학세계사, 1983, 189면.
47) 김화영, 앞의 책, 29면.

"올마나 크다란 슬픔으로 태어났기에, 저리도 징그라운 몸둥아리냐"
에서 보듯, 부정적인 악의 모습이자 혐오감과 저주의 대상이다. 그러
나 그것은 동시에 '사향 박하'의 뒤안길이라는 매혹적인 공간 속에 등
장하여 "꽃다님"같은 유혹의 모습을 띤다. 생명은 이처럼 혐오와 매
혹, "징그라움"과 "꽃다님보단도 아름다운 빛"이라는 이율배반의 모
습을 띠고 있다. 그래서 시인은 "다라나거라"라고 외치면서도 동시에
"돌 팔매를 쏘면서", "저놈의 뒤를 따르는것"이다.

이와 같이 육체적 욕망과 지상적 한계를 지닌 시적 자아는 피의 이
율배반성으로 고통을 받으면서 존재의 근원적 극한점인 푸른 하늘에
의 정신적 상승을 추구한다. 이는 애비의 부재와 에미의 결핍이라는
현실적 조건을 통해 발생된 시의식이 그 혼동과 방황 속에서 존재 근
원에의 탐구를 하는 과정에서 시의식의 지향점을 향해 진행되어감을
뜻한다. 그것은 결국 육체적 욕망과 정신적 탐구의 모습을 띠게 된다.
이때 이 정신적 지향은 피와 푸른 하늘의 이원성을 하나로 결합하려는
융합의 의지이며 그 결과 시의식은 수직적으로 상승하게 된다.[48]

다시 말하자면 20대의 미당은 피의 징그러움과 그 황홀함 사이의 갈
등을 뼈져리게 터득한 시인이요, 원시적 생명력과 육체에 대한 탐미주
의자였던 것이다. 따라서 미당의 '花蛇'는 육욕에 이끌리면서도 그것
을 쫓아내려는 모순율이 작용하고 있는 창세기적 본성과 관계된다.[49]

　　　强한 향기로 흐르는 코피
　　　두손에 받으며 나는 쫓느니

48) 오형엽, 「서정주 초기시의 의미구조 연구 — 이원성과 그 융합의 의지를 중심으로」,
　　고려대 석사논문, 1989, 36 — 37면.
49) 김장선, 「미당 서정주시의 원형적 고찰」, 『조선대 교육대학원 교육논총』2의 2,
　　1987.2, 8면.

밤처럼 고요한 끓른 대낮에
우리 둘이는 웬몸이 달어……

- 「대낮」 3, 4연

먹으면 죽는다는 꽃의 향기에 코피가 흐른다는 말은 깊은 의미를 가
지고 있다. 피라는 것은 원래 생명의 상징인 것이다. 그리고 코피는 생
명의 중심으로부터의 출혈을 의미하고, 마지막 부분의 밤과 낮의 대조
가 또한 적절한 것은 이 시의 주제가 생명과 죽음의 대립에 놓여 있기
때문이다. 아니, 온 몸을 불태우는 포옹이란 사건 설정을 생각하면, 사
랑과 죽음의 대립이라고 해야 옳을 듯하다.[50]

黃土 담 넘어 돌개울이 타
罪 있을듯 보리 누른 더위 -
날카론 왜낫(鎌) 시렁우에 거러노코
오매는 몰래 어듸로 갔나

바윗속 山되야지 식 식 어리며
피 흘리고 간 두럭길 두럭길에
붉은 옷 닙은 문둥이가 우러

- 「麥夏」 1, 2연

육체적인 색깔, 한낮의 가득한 빛과 결합된 황색은 피와 피의 붉은
색채를 관능적인 육욕의 세계로 더욱 빠져들게 한다. 그 육체에 대한

---

50) 김인환, 「서정주의 시적 여정-『화사』에서 『질마재신화』까지의 거리」, 『문학과
지성』8호, 1972년 여름호, 322면.

탐닉은 죄가 있는 듯한 한낮의 더위로 인해 죄의식을 수반하게 된다.

> 어느 바람속에서도 부끄러운 열매처럼 부끄러운 게집애.
> 靑蛇.
> 뽕나무에 오디개 먹은 靑蛇.
> 天動먹음은,
> 번갯불 먹음은, 쏘내기 먹음은,
> 검푸른 하늘가에 草籠불달고……
>
> 고요히 吐血하며 소리없이 죽어갔다는 淑은,
> 유체 손톱이 아름다운 게집이었다한다.

―「瓦家의 傳說」2, 3연

이 시에서는 붉고 따뜻한 세계와 어둡고 추운 세계가 서로 대비되어 나타나는데, 전자는 후자 앞에서 소멸된다. 그것은 "고요히 吐血하며" 이루어진다. 어둡고 강력한 세계(天動, 번갯불, 쏘내기)는 검푸른 하늘로 표상된다. 또한 따뜻하고 부드러운 세계(草籠불, 고요히, 소리없이, 유체 손톱이 아름다운)는 淑으로 나타난다. 淑은 피를 쏟으며 죽어서 그 검푸른 하늘로 가는 것이다. 여기에서 피는 바로 생명과 연결되면서 또한 죽음의 세계로 들어가는 길의 역할을 하고 있다.

> 복사꽃 피고, 복사꽃 지고, 뱀이 눈뜨고, 초록제비 무처오는 하늬바람우에 혼령있는 하눌이어. 피가 잘 도라…… 아무病도없으면 가시내야. 슬픈일좀 슬픈일좀, 있어야겠다.

―「봄」전문

이 시에서도 피는 그대로 생명과 연결된다. "피가 잘 도라" "아무病도없는" 것이다. 봄은 죽어 있던 모든 것이 재생하는 계절이다. 너무나 많은 생명으로 꽉 차 있어서 봄은 아름답다. 생명이란 하나의 불인 것이다.[51] 그 생명의 불은 인체에서 피로 나타난다. 이 피는 닫힘과 갇힘을 벗어나 정신과 혼의 세계인 하늘과 연관되어 순환과 흐름을 갖고 있다.

> 못오실니의 서서 우는듯
> 어덴고 거긔 이슬비 나려오는
> 薄暗의 江물 소리도 없이……
> 다만 붉고 붉은 눈물이
> 보래 피빛 속으로 젖어
> 낮에도, 밤에도, 서리에서노,
> 문득 눈우슴 지우려 할때도
> 이마우에 가즈런히 밀물처오는
> 서름의 江물 언제나 흘러……
> 봄에도, 겨울밤 불켤때에도,
>
> ─「서름의 江물」 전문

여기서 주목되는 것은 "붉은 눈물"과 "보래 피"이다. "붉고 붉은 눈물이" 피와 섞이고 있다. 서러운 눈물은 생명을 지속하게 하는 피 속으로 젖어들면서 그 서러움을 일상적인 차원으로 나타내주고 있다. 이 억눌린 존재가 느끼는 설움은 붉은 피를 변색시킨다. 이 때의 피는 관능적 세계 속에서의 타는 듯한 붉은 피가 아니라 "보래 피빛"이다. 보

---

51) Gaston Bachelard, 「초의 불꽃」, 앞의 책, 민희식 역, 170면.

랏빛은 어둠으로 다가가는 빛이다. 보라색은 물리적이로 심리학적인 의미에서 볼 때 냉각된 빨강인 것이다. 그것은 일종의 병적인 요소, 불꽃이 꺼져 버린 것(석탄찌꺼지처럼!) 같은 요소를 가지고 있으며 또한 내부에 비극적인 요소를 가지고 있다.[52] 그리고 피가 지닌 붉은 색채는 눈물에게로 옮아가서 피눈물과 같은 붉은 눈물을 만들어내고 있다. 보랏빛은 꺼져가는 추락과 심연의 빛깔이 된다. 그리고 이 추락 다음에서 온전한 어둠이 나타나는 것을 보게 된다. 즉 서러움이 일상적인 차원으로 지속되면서 피는 그 활기찬 생명의 따뜻함을 잃고 조금씩 냉각되어 병적이고 비극적인 요소를 띄는 것이다.

보랏빛과 검은 색의 죽음의 색채를 빨아들인 물, 즉 피는 '물'의 심상의 변용이다. 어떤 액체가 가치지워질 때는 유기적 액체와 비슷해지는 것이다. 이리하여 피의 시학이 존재하게 된다.

피도 따지면 물[水]의 하나이다. 진[液]이라는 말의 조어는 '딛'인데, 일본어 딛(tit, 血)과 어원이 같을 개연성이 있다. 도랑, 즉 돌[渠]의 조어형 '돋'과 어원이 같을 개연성을 생각해 볼 수 있다. ……옛날에는 '진'이 피의 뜻을 지녔을지도 모른다. 현대어에서 '진이 빠졌다'는 힘이 빠졌다는 뜻인데, 본뜻은 '피가 빠졌다'의 뜻일 개연성이 있다.[53]

"물은 '대지'의 피다."[54]라는 바슐라르의 언급에서도 그런 피와 물의 연관을 찾을 수 있다.

뜨거운 열기를 지닌 피처럼 지나치게 열기를 상실한 피도 투명한 상승에 이를 수 없는 것이다. 오히려 더욱 무겁고 어두운 상태로 가라앉을 뿐이다. 피가 지나친 열기의 뜨거움에서 벗어나고자 하는 것은 조

---

52) Wassily Kandinsky, 『예술에 있어 정신적인 것에 대하여』, 권영필 역, 열화당, 1981, 88면.
53) 한국문화상징사전편찬위원회, 앞의 책, 615면.
54) Gaston Bachelard, 『물과 꿈』, 이가림 역, 1986, 92면.

용하게 빛나는 밝음으로 하늘에 이르고자 하는 것이지, 열기를 잃고 차가워져 안으로 맺히고자 하는 것은 아니다. 조용하게 빛나기 위해서는 적당한 따스함이 필요하다. 열기를 완전히 상실한 피는 생명의 근본인 에너지를 상실한 피이므로 더 이상 움직이지 못한다. 피는 흐르지 못하고 단단해져 부자유한 상태에 있는 것이다.

그러나 생명의 물질인 피에 있어서 적당한 열기와 붉음은 절대적으로 필요하다. 그러면 열기와 붉음을 지녀야 하는 피가 어떻게 이 열기와 붉음을 다스려서 무겁고 어두운 상태로 떨어지지 않고 조용한 빛에 이를 수 있는가를 살펴 보기로 한다.

피는 공격적인 열기로부터 벗어나 열기를 식히는 "설운 울음"의 상태에 이르렀다. 그러나 이 울음은 열기로 인한 갈증을 해소해주거나 헤갈시키기보다 피에서 완전히 열기를 빼앗아 싱숭에의 의지조차 지니지 못하게 한다. 미당의 시에서 "울음"은 해소나 해갈이 아닌 "맺힘[恨]"의 행위로 피는 울음을 통해서 부자유함의 상태, 감금의 상태에 더욱 깊이 빠져 들게 된다.

> 바람뿐이드라. 밤허고 서리허고 나혼자 뿐이드라.
> 거러가자, 거러가보자, 좋게 푸른 하눌속에 내피는 익는가. 능금같
> 이 익어서는 떨어지는가.
> 오- 그 아름다운날은…… 내일인가. 모렌가. 내명년인가.
>
> ―「斷片」 전문

이 시에서 피는 생명을 확인시켜 주고 있다. 피는 그 붉은 색에 의해 능금과 연결되면서 능금같이 떨어지는 것으로 표현된다. 피는 순수한

정신의 세계인 푸른 하늘 속에서 능금같이 익어서 떨어지는 성숙에의 아름다운 날을 맞이하고 있다. 그것은 죽음의 세계이다. 그래서 "능금같이 익어서는" 피가 떨어지는 그 죽음을 아름답다고 생각하며 "내일인가. 모렌가. 내명년인가."하고 기다리고 있는 것이다.

> 멀리 멀리 幽暗의 그늘, 외임은 다만 수상한 呪符.
> 피빛 저승의 무거운물결이 그의쭉지를 다적시어도
> 감지못하는 눈은 하눌로, 부흥 ······ 부흥 ······ 부흥아 너는
> 오래전부터 내 머릿속暗夜에 둥그란집을 짓고 사렸다.

> ─「부흥이」의 일부

투우사가 황소의 몸에서 피를 뿜게 할 때에 쾌감을 얻는 관중이나 전쟁 중에 타인에게 피를 흘리게 함으로써 쾌감을 얻는다는 본능적인 느낌은, 피가 정욕이나 죽음을 상징한다고 볼 수 있다. '피에 주리다'는 말도 생명을 죽이거나 다치게 하려는 동물적인 욕망을 지적한 것이다.[55]

「부흥이」에서 피는 죽음과 연결된다. 피에 의한 죽음은 더 나아가 저승의 세계에까지 연결된다. 앞의 시에서 밤의 새인 부흥이와 귀촉도는 저승의 피맺힌 소리를 내고 있다. 그것은 "피빛 저승"으로 나타나 있으며 "멀리 멀리 幽暗의 그늘", "감지못하는 눈은 하늘로"와 함께 피가 그런 어둠의 세계를, 그 단절된 두 세계를 감동스럽게 이어주는 시는 『花蛇集』의 맨 뒤에 실려 있는 「復活」이다. 충동적이고 관능적인 세계는 이 시에 오면 완만하면서도 지속적인 세계로 변화한다.

---

55) 한국문화상징사전편찬위원회, 앞의 책, 618면.

버케트(Burkert, W.)는 "명부의 맨 밑바닥에 떨어진 사람은 희생 제물의 피를 마시지 않으면 살 수 없다. 옛 그리스의 제단에는 지하의 제신에게 바치는 제물의 피가 넘쳤으며, 이로써 인간은 호모 네칸스(Homo Necans : 살육을 잘 하는 사람)라는 이름을 얻었다."[56]고 하였다.

> 어찌하야 나는 사랑하는자의 피가 먹고싶습니까
> 「雲母石棺속에 막다아레에나!」
>
> ー「雄鷄(下)」1연

이 시에서 피는 머리 바로 위에 태양을 솟아오르게 하는 살아 있는 피다. 결국 대낮의 태양에 바로 위치한다는 것은 건강하고 싱싱한 육체에의 지향을 통하여 현실의 실재 세계에 직접적으로 부딪쳐 나감을 의미한다.

막달라 마리아는 누가복음 8장 2절의 소위 일곱 악귀의 하나로서 예수의 제자가 된 여자다. 이 여인은 누가복음 7장 37절의 "죄 있는 사람의 여자"와 같은 여성으로 취급되며, 성도전에서는 정결한 생활로 되돌아서서 회개와 신앙으로 인하여 성도가 된 매춘부로 간주되고 있다. 이와 같이 작품 서두부터 죄의식이 결합되어 있다.[57]

피는 열기와 유연함, 충만감, 지속성 등을 소유하고 있다. 피는 삶의 액체적 비밀을 존재의 가장 구석진 부분에까지 미끄러져 들어가게 한다. 피는 빛나고 타오른다. 풍요한 피는 갈증을 달래준다. 이렇게 뜨거

56) 앞의 책, 618면.
57) 박상렬, 「서정주 작품연구—초기시를 중심으로」, 고려대교육대학원, 1977, 57면.

운 피를 마시는 것은 생명의 근원을 마시는 것이다.[58] 타인의 살과 피를 나누어 먹음으로써 집단의 공동체 의식을 강화하는 카니발리즘이나 성만찬 의식은 우리 인간의 심층적인 생의 욕구에서 나온다. 그리스도교의 성찬식에서, 신자들은 신의 아들이 속죄의 피를 흘린 일을 기념한다. "인자의 살을 먹지 아니하고 인자의 피를 마시지 아니하면, 너희 속에 생명이 없느니라. 내 살을 먹고 내 피를 마시는 자는 영생을 가졌고, 마지막 날에 내가 그를 다시 살리리니, 내 살은 참된 양식이요 내 피는 참된 음료로다. 내 살을 먹고 내 피를 마시는 자는 내 안에 거하고, 나도 그 안에 거하나니, 살아계신 아버지께서 나를 보내시매, 내가 아버지로 인하여 사는 것같이 나를 먹는 그 사람도 나로 인하여 살리라."[59] 결국 『花蛇集』에 배어 있는 피에 대한 탐욕은 강렬한 생명 욕구의 표출이라 할 수 있다.

문학적인 표현으로 피는 흔히 정열과 항거의 복수를 상징한다. 피가 본능적인 것으로 간주된다면, 이성은 그 본능을 다스리기 위하여 피를 멀리하고자 한다. 피는 감정이고 자연이기 때문에 순수하고 정열적이며 원초적이다. 피에 대한 목마름의 본질은 가장 원초적인 형태에 있어서의 삶의 도취다. 그 도취에 대한 객관적 거리의 유지가 이성이라면, 피에 대한 두려움, 곧 피를 더러움으로 간주하기 시작한 것은 인간의 이성화를 뜻한다.[60]

『花蛇集』이 보여주는 육체주의적인 생명 신앙의 세계가 그의 첫 출발점으로서의 시세계임에도 불구하고 궁극적으로는 그것이 자기 충족적인 실체의 세계는 아니다. 그래서 항상 무엇인가 쫓고 또 쫓기는

---

58) J.P.Richard, 『시와 깊이』, 윤영애 역, 민음사, 1984, 128면.
59) 한국문화상징사전편찬위원회, 앞의 책, 617면. 인용부분은 신약성서 요한복음 6:53 - 57이다.
60) 한국문화상징사전편찬위원회, 앞의 책, 617면.

상태에서 어딘가 떠나려는 출발의식과 또 그러한 욕구에 그는 사로잡히고 있는 것이다. 피를 흘리며 "육체의 두럭길"을 쫓는 일이 『花蛇集』이후의 그에게는 정말 숨막히는 일이며, 몸서리치는 일이 되었다. 그는 더 이상 나아갈 수 없는 막다른 육체의 한계를 느낀 것이다. 그것은 원색의 판도에서 시적 몰락을 가져올 지도 모르는 어떤 절박한 질적 상태를 의식하며, 격동하는 육체의 심연으로부터의 탈출을 시도하기 위한 몸부림이 시작되는 것이기도 하다.[61]

2. 피의식의 정신적 실현 과정

『花蛇集』에서 관능으로 나타나는 육체성이 『歸蜀途』에 와서는 안정적인 정신성으로 이행하고, 피가 갖는 붉은 색깔도 상당히 감소하여 푸른 빛깔이 나타나게 되는데, 이것은 피의 격정이 가셔서 시인의 의식세계가 차분하게 안정되고 있다는 증거이다.

『歸蜀途』에서는 푸른 색이 지배적인 색으로 자리잡고 있다. 푸른 색은 하늘과도 밀접한 관계를 맺고 있어, 대지적 폐쇄적 공간에서 개방적이고 넓은 공간으로 나오게 한다.[62] 푸른 빛은 종교적 감정을 환기시킬 만큼 가장 승화된 빛깔이다. 천진무구함과 순수의 빛이다. 『歸蜀途』로 옮겨오면서 약해지는 밀도와 열과 적색의 강도는 백색과 청색으로 점차 그 영역을 넓혀가는데, 이제 『歸蜀途』로 오면 '하늘'이 가장 지배적인 역할을 담당하게 된다. 그 푸르른 빛은 『歸蜀途』 전체를 관류하고 있다. 이것은 아직 하늘에 대한 그리움 혹은 지향성의 시집인 것이다.

---

61) 이용훈, 「개인적 생명의식에의 집념 – 서정주론」, 『국어교육』16호, 1970.2, 89면.
62) 김동일, 「서정주시연구 – 화자를 중심으로」, 성균관대교육대학원, 1989, 32면.

- 두터운 甲옷 아래 흐르는 피의 -「거북이에게」
- 제피에 취한새가 귀촉도운다. -「歸蜀途」
- 허리띠에 피가묻은 고이안에서 -「멈둘레꽃」
- 피와같이, /피와같이, -「밤이 깊으면」
- 피ㅅ방울이 내려저 바윗돌을 적시고…… -「逆旅」
- 오히려 처음과같은 하눌우에선 한 마리의 종다리가 가느다란 피ㅅ줄을 그리며…… //손까락 끝에 나의 어린 핏방울을 적시우며,……

    -「무슨 꽃으로 문지르는 가슴이기에 나는 이리도 살고 싶은가」

『歸蜀途』에서 보이는 피에 대한 관심의 감소는 피로 표상되던 관능과 격정이 가셔서 안정되고 있음을 뜻한다. 그만큼 피가 감소한 것은 상처가 줄어든 때문이다. 가슴 속의 불은 다름 아닌 피의 심상이다. 피의 불길로 얼굴이 타버리는 고통을 다스려서 꽃봉오리로 피워내는 것이 『歸蜀途』의 세계다. 표면적인 상처가 내면적인 고통으로 이행되는 것은 인고와 절제를 통한 다스림으로 보아야 한다.

미당은 분열의 상태에 오래 머물러 있지 않는다. 그는 얼마 안 있어 동양의 일원적인 평화에로 복귀한다. 두번째 시집『歸蜀途』는 벌써 그 표제시에 있어서 동양적인 귀의를 시사해주고 있다. 누구나 아는 이야기지만, 이 시는 왕위를 잃고 流麗의 길에 올랐다가 죽어서 두견이 된 망제의 전설에 기초하고 있다. 이 전설은 슬픔으로써 슬픔을 초월하는 것에 대한 거의 원형적인 이야기라 할 수 있다.

미당이 제 2시집을 대표하는데 『歸蜀途』라는 제목을 택한 것은 매우 뜻깊은 일이다. 갈등과 화해의 리듬은 심리의 기본적인 리듬이다. 미당의 화해의 테마에로의 전환에는 이런 보편적인 심리의 리듬 외에 한국의 전통적 정신이 강하게 작용하였을 것이다.[63]

『歸蜀途』는 "시세계의 전개와 영향으로 볼 때 가장 큰 문제"[64]되는 시집이다. 조연현은 "원초의 형벌에서 몰락하지 않고 살아나는 재생의 노래이다. 『歸蜀途』에는 원죄의 형벌에서 만신창이가 된 산산이 부서진 씨의 육신의 파편들이 한 개의 질서 아래 정돈되어 재기해가려는 새로운 노래가, 여지없이 매맞는 씨의 상처에서 흘러나오고 있음을 볼 수 있다."[65]라고 했다. 또, 천이두는 "시집 『歸蜀途』에서 『徐廷柱詩選』에 이르기까지의 약 10년, 그것은 서정주의 시의 생애에 있어 또 하나의 전기를 이루는 과정"[66]이라 했다.

> 거북이여 느릿 느릿 물ㅅ살을 저어
> 숨 고르게 조용히 갈고 가거라.
>
> …… (중략) ……
>
> 먼山에 보라ㅅ빛 은은히 어리이는
> 나와 나의兄弟의 해질무렵엔
> 그대 쇠먹은 목청이라도
> 두터운 甲옷 아래 흐르는 피의
> 오래인 오래인 소리 한마디만 외여라.
>
> 　　　　　　　　　　　　　　-「거북이에게」1, 4연

「거북이에게」에서도 우리는 피의 흔적을 보게 된다. 그러나 그것은 『花蛇集』에서와 같은 낭자히 흐르는 뜨거운 피가 아니라, "두터운 甲

---

63) 김우창, 앞의 글, 162면.
64) 김춘수, 「<귀촉도> 기타」, 『서정주연구』, 28면.
65) 조연현, 앞의 글, 14면.
66) 천이두, 앞의 글, 227면.

옷 아래" "숨 고르게 조용히" 사려안은 피다. 말하자면 그것은 『花蛇集』 무렵에서와 같은 관능이 뜨거운 보챔에서 연유되는 육체적 향연으로서의 피가 아니라, 뼈저린 그의 여인들의 관능적 표상으로서의 그것이 아니라, 설움과 고뇌의 표상으로서의 그것으로 질적 비약을 이룩한다. 말하자면 그것은 "두터운 甲옷 아래" 조용히 사려안은 인고의 실체로서의 피다.

> 초롱에 불빛, 지친 밤 하늘
> 구비 구비 은하ㅅ물 목이 젖은 새,
> 참아 아니 솟는가락 눈이 감겨서
> 제피에 취한 새가 귀촉도 운다.
> 그대 하늘 끝 호울로 가신 님아

—『歸蜀途』3연

『歸蜀途』에서의 울음은 저승세계로 흘러가버린 님을 위하여 목이 잠긴 귀촉도의 피맺힌 울음인 것이다.

> 샛길로 샛길로만 쪼껴 가다가
> 한바탕 가시밭을 휘젓고 나서면
> 다리는 훌처 肉膾 처노혼듯,
> 피ㅅ방울이 내려져 바윗돌을 적시고……
>
> …… (중략) ……
>
> 山새 우는 세월속에 붉게 물든 山열매는,
> 먹고 가며 해 보면

눈이 금시 밝어 오드라.

······ (중략) ······

거리 거리 쇠窓살이 나를 한때 가두어도
나오면 다시 한결 날카로워지는 망자!
열민 붉은옷을 다시 입힌대도
나의 소망은 熱赤의 砂漠저편에 불타오르는 바다!

—「逆旅」1,3,5연

아마도 가장 어두운 시절의 마지막 혼적인 듯한 시「逆旅」는, 미당의 시 전집 전체에서 최후로 강렬한 불꽃과 진한 피를 그려 보인다. 쫓겨가는 자의 다리에서는 "피ㅅ방울이 내려저 바윗돌을 적시고", 가면서 따먹는 열매는 "붉게 물든" 것이며, "열민 붉은옷을 다시 입힌대도/나의 소망은 熱赤의 砂漠저편에 불타오르는 바다!"라고 시인은 외친다.

　　손까락 끝에 나의 어린 피ㅅ방울을 적시우며, 한名의少女가 걱정을
　　하면 세名의少女도 걱정을허며, 그 노오란 꽃송이로 문지르고는, 하연
　　꽃송이로 문지르고는, 빠알안 꽃송이로 문지르고는 하든 나의傷처기
　　는 어쩌면 그리도 잘 낫는것이었든가.

　　정해 정해 정도령아
　　원이 왔다 門열어라.
　　붉은 꽃을 문지르면
　　붉은피가 도라오고.
　　푸른꽃을 문지르면

푸른숨이 도라오고.

　　－「무슨 꽃으로 문지르는 가슴이기에 나는 이리도 살고 싶은가」 12, 13연

　여기서 피는 또 다시 생명을 뜻하게 되고, 빛은 비개인 뒤의 새 빛으로 환치된다. 격렬한 동물적 관능의 세계에서 벗어나 『花蛇集』후반부부터 나타나던 삶과 죽음에 대한 의식은, 피의 이미지를 통해서 이렇게 『歸蜀途』까지 계속된다.

　요컨대 이 시인의 초기 작품 『花蛇集』의 행동적이며 육감적인 서구적 이성의 전통에서 출발하여 『歸蜀途』이후, 감성의 세계로 귀의하여 정관적인 동양의 전통으로 옮겨온 시적 변모, 즉 그의 이와 같은 독특한 시력 과정[67]이 그로 하여금 독특한 개성의 시인으로 만들었을 뿐만 아니라, 우리의 근대시 문학사상 중요한 위치를 확보하게 했다.

　그렇다면 왜 시인은 이렇게 『花蛇集』의 고열한 생명 상태로부터 『歸蜀途』의 안일한 서정의 꽃으로 돌아왔을까? 다시 말하자면 왜 시인은 전자의 서구적 이성의 세계로부터 후자의 동양적인 감성의 세계로 그의 시의 테마를 바꾸기 시작한 것일까?

　　　…… 이 지나치게 건강하고 또 지나치게 병적이기도 하였던 생명은
　　　내게는 차츰차츰 견디기 어려운 것이 되기 시작하였다. 주위환경도 그
　　　랬지만 내 자신의 내용이라는 것도 드디어 『花蛇集』의 독창만을 고집
　　　하기에는 너무나 난처한 데에 있었다. 절망이 내 앞에 왔다.[68]

67) 김학동, 「신라의 영원주의－서정주의 『신라초』를 중심으로」, 『어문학』24, 1971,
　　4. 56면.
68) 서정주, 「나의 시인 생활자서」, 『세계문예강좌 창작실기론』소재, 305면.
　　김학동, 「현대시인논고(其 10)－서정주의 시를 중심으로(上)」, 『대구대 동양문화』
　　5집, 1966.6, 110면에서 재인용.

여기서 시인은『花蛇集』의 독창성만을 고집하기에는 너무나도 견
딜 수 없는 절망적인 상황에 부딪혀 있기 때문에, 결국『花蛇集』의 부
정적인 전제에서 벗어나 정신적인 현실을 긍정하고 돌아왔다는 일면
을 해명해주고 있다. 어쨌든『歸蜀途』는『花蛇集』의 절망과 몰락의
심연에서 새로운 의욕과 열모로서『花蛇集』의 운명에서 벗어나 새로
운 삶에의 정신적 실현의 과정을 형성해가는 것이다.[69]

3. 현실적 화해와 의식의 내면적 상승

『徐廷柱詩選』은 바로『新羅抄』이후에 보여주게 될 저 빈번, 신속,
용이한 둔갑의 묘법에 도달하기 위한 훈련이요 예행연습이라고 볼 수
있다.「自畵像」속의 이슬에 "서껴"져서 처음 출현했던 피는 신기하게
도 이 시집에 이르면 그야말로 완전히 자취를 감추어 버린다.『徐廷柱
詩選』에서는 피가 단 한 번도 나타나지 않는다. 이 변화는 피로 상징되
던 관능과 격정 혹은 상처와 고통이 잘 다스려졌거나 그런 세계로부터
빠져 나왔음을 뜻한다. 시인은 이제 시대와 현실을 긍정하고 폭넓게
수용함으로써 정신적 상승과 아울러 피의 심상 속에서 영혼의 성장이
가능했던 것이다.

> 괜, 찬, 타,……
> 괜, 찬, 타,……
> 괜, 찬, 타,……
> 괜, 찬, 타,……
> 수부룩이 내려오는 눈발속에서는

---

69) 박진환,「부활시인의 신경향—서정주씨의 足跡」,『동국대 국어국문학보』1호, 1958.12,
32면.

까투리 매추래기 새끼들도 깃들이어 오는 소리.……
괜찮타, …… 괜찮타, …… 괜찮타, …… 괜찮타, ……
폭으은히 내려오는 눈발속에서는
낯이 붉은 處女아이들도 깃들이어 오는 소리.……
울고
웃고
수구리고
새파라니 얼어서
運命들이 모두다 안끼어 드는 소리.……
                              ―「내리는 눈발속에서는」1, 2연

孔德洞에 피어오르는 아지랑이는
孔德洞에 사는이의 사랑의 모습
萬里洞에 피어오르는 아지랑이는
萬里洞에 사는이의 사랑의 모습

順이네가 사는집 집웅우에선
順이네 아지랑이 피어 오르고
福童이가 사는집 집웅우에선
福童이네 아지랑이 피어 오르고

                              ―「아지랑이」2, 3연

西으로 가는 달 같이는
나는 아무래도 갈 수가 없다.
바람이 波濤를 밀어 올리듯이
그렇게 나를 밀어 올려다오
香丹아.

                      ―「鞦韆詞―春香의 말 壹」4, 5연

피흘림의 원색적 고통은 극복되고 따라서 피는 사라진다. 『花蛇集』에서의 자아와 세계와의 대립과 갈등이 『歸蜀途』에서 절제되고 줄어들다가 『徐廷柱詩選』에 와서는 긍정과 화해로 전환됨에 따라 시의식의 내면 성장에 轉義되어가고 있음을 알 수 있다. 『徐廷柱詩選』에서 피가 완전히 자취를 감춘 것은 현실을 긍정하고 수용함으로써 얻게 된 안정과 내적 평화 때문이다. 이제 어느 시구의 한 모퉁이에서도 피라는 어휘는 찾아볼 수 없다.

미당이 『花蛇集』의 열정과 『歸蜀途』의 한을 다스리는 마음의 안정과 여유를 갖게 된 것은 표면적으로 볼 때, 6·25라는 커다란 민족적 비극을 거치면서 터득한 "어떤 운명 속에서든지 재주껏 살아 남아야 하고 또한 살아 남는 재간을 터득해서 타협과 완곡의 자세를 수용한 것"이기 때문이다.

4. 지상 세계의 미학과 영혼 성장

『徐廷柱詩選』에서 일단 자취를 감추었던 피가 다시 나타나면서 이전의 관능이나 열정 혹은 내면적 고통과는 달리, 제 4시집에 오면 인간적인 애착 즉, 지상 세계에 대한 애착을 보이는데, 시인의 의식은 그러한 애착을 벗어나서 피로부터 자유로이 해방을 희구하는 것으로 보인다. 그것은 미당의 정신 성장과 시적 실현의 상승적 결합 혹은 융합이 자연스럽게 이루어진 성과로 볼 수 있다. 미당의 시의식은 어떤 비평적 논쟁에도 불구하고 『新羅抄』에 이르러 독자적인 세계를 갖게 된다. 그로부터 자아의 내부에서 솟아오르는 시적 인식을 시화하고 있다.[70]

우리 한국현대시에 있어서 신라정신의 발굴자는 두말할 것 없이 미

---

70) 최동호, 『현대새의 정신사』, 열음사, 1985, 97면.

당이다. 미당은 신라정신을 시의 안주처로 삼아 유현한 신라의 하늘가에 영원주의 · 영생주의의 집을 짓고 그 속에 은둔하면서 고고하게 절대미와 낙원을 누리며 있는 것이다.[71]

흔히들 미당의 시정신의 심연은 신라정신에 있다고 하는데, 신라정신의 심연이란 무엇인가. 그것은 동양의 슬기로운 지혜다. 원시적인 신앙으로부터 벗어난 신라인의 평등한 "귀의사상" 사회와 문화를 형성한 신라인의 신념 같은 것으로 이룩된 것이다. 신라사상=불교정신을 역사의식의 생활화된 현실에서 찾으려는 "영원성의 세계"가 바로 미당의 신라정신의 심연인 것이다.[72]

이러한 미당의 신화 및 문학의 정신적인 근저를 이해하는 데는 '신라정신'의 탐구로부터 시작되어야 할 것이다. 그에게서 신라는 말할 것도 없이 역사적인 신라라기보다는 인간과 자연이 완전히 하나가 된 어떤 정신적 경지로서 민족과 개인적 이념의 등가물로서 현존하는 신라다.[73] 1959년 2월 1일자 「한국일보」를 보면, 미당의 영원주의의 입장을 잘 알 수 있다.

"신라정신이 우리 것보다 더 가지고 있었던 것은 뭐냐 하면, 그것은 알아듣기 쉽게 요샛말로 하면 영원주의입니다. 현생만을 중요시하여 이치나 모랄이나 지향이나 감정을 가진 것이 아니라 영원을 입장으로 해서 가졌었단 말씀입니다. 허나 이 일이 신라시절에만 그랬다가 고려의 유학천하이래 끊어져버렸다고 생각하는 것은 어리석습니다. 전통력이라는 것이 어디가 그런 것인가요. 유학적 현생주의만 가지고는 제

71) 김정순, 「한국현대시에 나타난 낙원사상고—서정주와 박두진을 중심으로」, 『인간과 미래』4, 1976. 12, 158–159면.
72) 최원규, 「서정주연구—<꽃>의 의미를 중심으로」, 『국어국문학』49 · 50 합병호, 1970.10, 320–321면.
73) 신병은, 「신화적 인물의 시적 변용에 대한 고찰」, 조선대석사논문, 1985, 10면.

외할 수 없던— 이 정신의 또 다른 힘은 고려 이래 모든 권위의 밑바닥
에 숨은 잠재력이 되어 오늘날의 우리에게도 전통되어 있습니다."

　　미당에게 있어서 신라정신이 적어도 한국적인 전통을 모색하려는
작업에서부터 출발되었다고 볼 때, 문학사에서 신라정신이 한국의 전
통이냐 하는 의문점이 있지만, 그 중심 목적이 전통에 있다는 것을 전
제한다.[74]
　　사실『新羅抄』는 미당의 네번째 시집에 해당된다. 이 시집은 미당의
영원주의를 시화한 것으로, 한국현대시가 눈뜨지 못한 역사적인 소재
를 다루고 있다. 이 시집 이전에도 「石窟庵觀世音의 노래」나 「菊花옆
에서」라는 시부터 본격적으로 신라 탐구는 시작된 것으로, 그의 영원
주의는 대체로 불교의 윤회설과 인연설에 많이 기대고 있다.[75]

　　• 피 예 있으니, 피 예 있으니, 어쩔 수 없이

　　　　　　　　　　　　　　—「善德女王의 말씀」

　　• 피가 잉잉거리던 病은 이제는 다 낳았읍니다.

　　　　　　　　　　　　　　—「娑蘇의 두 번째 편지 斷片」

　　• 이제는 楊貴妃의 피비린내나는 사연으로는 우릴 가로막지 않고,

　　　　　　　　　　　　　　—「가을에」

---

74) 강준성, 「소월, 미당, 지훈, 三家誌考—한국시의 전통적 맥락을 중심으로」, 『내
　　류문학』15, 1980.6, 91면.
75) 박철식, 「미당 시학의 변천고」, 『한국문학논총』3, 1980.12, 212면.

• 피란 결국은 느글거리어 못 견딜 노릇/마리아./이 춤추고, 電氣 올 듯하는 피는 달여서

—「無題」

• 여기 내 바랜 피 같은 물들

—「無題」

• 내 閣氏는 이미 물든 피도 아니라

—「두 香나무 사이」

• 피 어린 牡丹의 꽃밭이었지만//……/피가 아니라 피가 아니라/흘러내리는 물줄기더니

—「旅愁」

• 피가 아니라/피의 全集團의 究竟의 淨化인 물로서,

—「바다」

• 이것은 썩은 뼉다귀와 살가루와 피바랜 물의 반죽,

—「近郊의 泥濘 속에서」

• 처녀의 피가 흘러가서 된 물살은

—「因緣說話調」

  1961년에 간행된 『新羅抄』의 서시 역할을 하고 있는 「善德女王의 말씀」에는 서정주의 사회관과 인간관이 집약되어 있다. 인간적인 요소가 그리워 차마 해탈하지 못하고, 欲界의 第二天인 三十三天에 머물러 평생에 그토록이나 사랑하던 신라인에게 호소하는 여왕의 말씀을 통해 이상적으로 생각하는 서정주다운 인간적 모습이 드러나는 것이다. "欲界 第二天"은 피가 있는 곳이고, 구름이 있는 곳이고, 비가 만들어지는 곳이다. 그것은 깊이 사랑할 줄 아는 사람이다. 오성보다 감성을 우위에 놓는 서정주의 면모가 뚜렷하다. 한편, 그가 선덕여왕의 말

씀에 기대어 제시하는 이상적인 사회의 질서는 인간성을 왜곡시키지 않고 상부상조하는 공감과 인정의 사회이며, 가장 충실한 남자에게 그 사회의 지도권을 맡기는 사회이다.

朕의 무덤은 푸른 嶺 위의 欲界 第二天.
피 예 있으니, 피 예 있으니, 어쩔 수 없이
구름 엉기고, 비터 잡는 데─ 그런 하늘 속.

피 예 있으니, 피 예 있으니,
너무들 인색치 말고
있는 사람은 病弱者한테 柴糧도 더러 노느고
홀어미 홀아비들도 더러 찾아 위로코,
瞻星臺 위엔 瞻星臺 위엔 그중 싱한 사내를 놔라.

살(肉體)의 일로써 살의 일로써 미친 사내에게는
살 닿는 것 중 그중 빛나는 黃金 팔찌를 그 가슴 위에,
그래도 그 어지러운 불이 다 스러지지 않거든
다스리는 노래는 바다 넘어서 하늘 끝까지.

─「善德女王의 말씀」1─3연

의미상으로 보거나 형태상으로 보거나, 위의 시 제 1연과 2연은 동일어의 반복에 의해 연쇄적으로 결합되고 있는데, 연과 연 사이에 이와 같이 가교의 역할을 담당하고 있는 "피 예 있으니, 피 예 있으니"의 반복적인 리듬과 이미지는 이 작품의 중심 테마와 직결됨으로써 전체적인 구조에 기능적으로 참여하고 있다. 초기시와 비교해 볼 때, 피는 "강한 향기로 흐르는 코피"(「대낮」)에 있어서의 성적 열광의 이미지

나, "詩의 이슬"에 섞여 있는 "몇방울의 피"(「自畵像」) 같은 동물적 이미지와는 근본적으로 성격을 달리 한다. 다같이 도덕적인 이미지로 사용되고 있다는 점에서는 모두 동일하지만, 초기시의 피가 악의 상징으로 사용되고 있는 데 비해, 후기시에 속하는 이 작품의 피는 선의 상징으로 사용되고 있다. 즉 제 1연에서 피는 "理性" 또는 "생명", 제 2연의 피는 "인간적인 동정심"이나 "정의감"의 의미를 함축하고 있다. 선덕여왕의 선정을 높이 찬양하고 있는 제 2연은 그러므로 피의 이미지가 기본적으로 그 자체 속에 함축하고 있는 휴머니티의 기초 위에서 성립되고 있다.[76]

하지만 "피 예 있으니, 피 예 있으니"라는 부르짖음은 신라인의 피인 동시에 그 역사를 초월하여 오랜 세월 뒤에 오는 우리 겨레의 피를 의미하는 여성 특유의 아름다움의 진한 향기를 뜻하는 바, 아직도 피는 혐오의 대상인 동시에 지상적 생명의 동력이라는 이중적 속성을 지니고 있다. "살의 일로써 살의 일로써 미친 사내"를 만드는 것, 즉 "다스려"야 할 대상이 피다. 그러나 동시에 "피 예 있으니/너무들 인색치 말고/(……)노느고/(……)위로코, /瞻星臺 위엔 瞻星臺 위엔 그중 실한 사내를 뇌라."를 음미해 보면 피의 긍정적 기능이 있음이 분명하다. 즉 피는 연민과 너그러움과 사랑과 위로의 기능을 가지고 있으며 나아가서는 "실한 사내"를 "瞻星臺 위에" 올려놓을 수 있는 힘을 공급한다. 다시 말해서 미당 스스로 고통스럽게 진행시키고자 하는 "별"의 관측을 수행할 수 있게 되는 조건이 되는 것도 피다. 피의 기능은 그밖에 한가지 더 있다. 피는 "한 가지 더 있는 기능" 때문에 참으로 미당의 시에는 오래동안 "서껴"있는 것인지도 모른다. 그러나 대부분의 피는 그렇게 맑고 영원한 피가 아니라, "다스려야 할" 의지의 피다.

---

76) 김시태, 앞의 글, 358면.

피가 잉잉거리던 病은 다 낳았읍니다.
올 봄에
매(鷹)는,
진갈매의 香水의 강물과 같은
한섬지기 남직한 이내(嵐)의 밭을 찾아내서
대여섯 달 가꾸어 지낸 오늘엔,
홍싸리의 수풀마냥.피는 서걱이다가
翡翠의 별빛 불들을 켜고,
요즈막엔 다시 生金의 鑛脈을 하늘에 폅니다.

—「娑蘇의 두 번째 편지 斷片」1—3연

따라서 우리는 아직 피와의 이별의 근원적인 신라, 그것도 김유신의
말이 목잘리기도 전인, 신라시조 박혁거세의 어머니 시절에 머물고 있
다 하겠지만, 이 때 피의 치유는 시작되고 있다. 이 시는 선도산신모,
즉 신라 제 1대 임금 박혁거세의 어머니 사소의 신선수행을 시화한 것
이다. 사소는 신라시조 박혁거세의 어머니요, 불거내는 박혁거세를 뜻
한다. 이 작품은 사소가 처녀로 잉태하여 그의 아버지에게 쫓겨나 선
도산에서 신선수행하는 도중에 두 번째로(매를 통해서) 보내온 편지의
내용을 형상화한 작품이다.

"잉잉거리던" 동물적인 피가 꽃밭으로, 꽃밭이 증발하여 이내 혹은
구름으로, 구름에서 다시 비취의 별빛으로, 그것의 집단인 생금의 광맥
으로, 그 광맥 배경에는 마침내 하늘, 이것이 바로 피의 변신과정이다.

내 閼氏는 이미 물도 피도 아니라
마지막 꽃밭 蒸發하여 괴인

시퍼렇디 시퍼런 한 마지기 이내(嵐)!

—「두 좀나무 사이」2연

　여기서 시인은 물도 피도 아니고, 꽃밭이 세월에 의해 소멸되어 새로 생성한 한 두락쯤 되는 황혼을 자기의 이내로 삼는다. 아마도 이곳은 피를 물과 분리해내는 구름의 세계인 듯하다.

첫 窓門 아래 와 섰을 때에는
피어린 牡丹의 꽃밭이었지만

둘째 窓 아래 당도했을 땐
피가 아니라 피가 아니라
흘러내리는 물줄기더니,
바다가 되었다.

……　(중략)　……

셋째 窓門 영창에 어리는 것은
바닷물이 닳아서 하늘로 가는
차돌같이 닳는 소리, 자지른 소리.
세째 窓門 영창에 어리는 것은
가마솥이 끓어서 새로 솟구는
하이얀 김, 푸른 김, 사랑 김의 떼

—「旅愁」1, 2, 4연

　“첫 窓”과 “둘째 窓” 그리고 “세째 窓”을 거치며 유랑해 온 과정이 피, 물줄기, 하이얀 김으로 각각 대응되어 진행되고 있음을 알 수 있다. 여기서 첫 창을 통해서 만나는 피어린 모란 꽃밭은 무엇일까. 아마도 미당은 피와 화사 그리고 괴롭고 서러운 서울 여자의 관련상황에 놓여 있는 것 같다. 그것은 분방한 감정과 관능의 세계를 헤매며 피와 붉은 색이 상징하는 희생이나 격정 혹은 혼란의 이미지나 이른바 고양된 생명 상태를 뒤쫓았던 것이다. 어둠과 벽의 상황이던 망국의 땅에서 피와 붉은색이 암시하는 의미는 그대로 그것이 하나의 항의일 수 있는 것이다.[77]

붉은 피가 꿈틀거리는 대지 위에서 푸른 하늘에까지 상승하려다 좌절한 미당은 둘째 창에서 바다에 이르러 바다의 깊이를 통해, 세째 창이 오면 하늘에까지 도달하려고 한다. 여기서 가장 중요한 동력적 의지는 피(대지적 속성, 육체적 욕망)를 푸른 하늘(천상의 진리, 정신적 극한점)에까지 끌어 올려 하나로 결합하려는 융합에의 의지이다.

> 피가 아니라
> 피의 全集團의 究竟의 淨化인 물로서,
> 조용하디 조용한 물로서,
> 이제는 자리잡은 新房들을 꾸미었는가.
>
> 가마솥에 軟鷄닭이
> 사랑김으로 날아오르는
> 구름더미 구름더미가 되도록까지는
> 오 바다여!

―「바다」4, 5연

---

77) 홍신선, 「여성·천상적 의미의 성당―서정주의 시」, 『현대시학』, 1974.10, 85면.

연금술사에게 있어서는 제 1물질을 나타내는 명칭의 하나다. 북구 신화의 이미루의 피에서 바다가 만들어지고, 그 사체로부터 대지가 창조되었다. 이집트에 있어서 모세의 최초의 "기적"은 나일강물을 (특히, 나무들의 수분, 돌에 담긴 물도) 피로 변화시킨 것이었다.[78]

인간 상징주의에서는, 피는 물을 나타낸다.[79] 육체의, 생명의 고통을, 끓어오르는 피를, 정화하는 것은 물이다. 그러니까 피를 가만히 들여다 보면 그 속에 물이 있다. 「바다」에서는 피를 물과 색깔로 해체해서 하나는 하늘로 보내고, 하나는 저 땅의 꽃들에게 보내는 피의 해체, 피의 상승과 하강을 노래하고 있다. 그런데 피와 같은 피빛, 이런 것들이 꽃밭으로 변하면 「鶴」에서 하늘의 빛이 되어서 푸른 빛으로 변하고, 피묻은 까만 손톱이 하늘의 언어로 바뀌면 님의 눈썹이 되고, 맑은 물로 씻어서 하늘의 초승달처럼 하늘에 걸리는 「冬天」으로 나타나는 것이다. 이렇게 뱀인 「花蛇」가 「鶴」이 되고 손톱이 되고 눈썹이 되고, "피가 가장 맑은 물"이 될 때 미당이 그리는 바다는 해일처럼 지구 하늘로 향해서 파도가 솟구쳐 올라가듯 상승하는 바다가 된다.

이와는 반대로 물로의 하강은 어둠과 공허 그리고 침묵을 통해 내면적 정신의 깊이 추구라는 의미를 띠게 된다. 바다가 지닌 내면의 '깊이'(바다)는 의식의 '심연'을 통과함으로써 새롭게 태어나는 부활의 의지에 접맥될 수 있다.[80] 따라서 우리는 시인의 역동적인 상상력 안에

---

78) 鍊金術師にとっては第一物質を表す名稱の1つである. (北歐神話の)イミルの 血で海が創られ, その死體から大地が創造された. エジプトにおけるモーセの 最初の「しるし」はナイル川の水を(さらに樹樹の水分,石に溜った水をも)血に 變えることであった. ―アトード・フリス, 앞의 책, 69면.
79) 人間シンボリズムでは, 血は水を表す. ―アトード・フリース, 앞의 책, 69면.
80) 김동리, 『歸蜀途』(선문사,1946)의 발사. "그는 가족과 친구와 일월과 천공과 그 모든 것을 결별하고 알몸뚱이로 용감하게 심연 속으로 뛰어 들었다…그 심연의 기록이 『花蛇集』이다." 김은자, 앞의 책, 172―173면에서 재인용.

서 물을 통해 이루어지는 재생의 아름다움을 기대하게 된다.

> 흙탕물 빛깔은
> 세수 않고 病들었던 날의 네 눈썹 빛깔 같다만,
> 이것은 썩은 뼉다귀와 살가루와 피바랜 물의 반죽.
> 技術家! 技術家!
> 이것은 一生 동안 심줄을 訓練했던 것이다.
> 사환이었던 것, 좀도둑이었던 것, 거지였던 것!
> 이것은 一生 동안 눈치를 訓練했던 것이다.
> 안잠자기였던 것, 娼婦였던 것, 娼婦였던 것!
> 이것은 시방도 내가 參與하면 반드시
> 묻거나 튀어박이는 技巧를 가졌다.
>
> —「近郊의 泥濘 속에서」1연

이 시에서 미당은 무명연기설을 신앙하고 있는 것을 알 수 있다. 이
승의 어두움을 썩은 뼈와 살과 물로 나타내고, 노동자와 사환, 좀도둑,
거지, 안잠자기, 창부를 동원해서 일체감을 토로하는 예를 보여주고
있다.

> 그 뒤 어느날
> 모란꽃잎은 떨어져 누워
> 메말라서 재가 되었다가
> 곧 흙하고 한세상이 되었다.
> 그게 이내 처녀도 죽어서
> 그 언저리의 흙 속에 묻혔다.
> 그것이 또 억수의 비가 와서
> 모란꽃이 사위어 된 흙 위의 재들을

강물로 쓸고 내려가던 때,
땅 속에 괴어 있던 처녀의 피도 따라서
강으로 흘렀다.

―「因緣說話調」2연

같이 모란꽃으로 출발한 피는 모란꽃이 떨어져 누워 "재"가 되었다가, 재가 "흙하고 한세상이 되었다." 모란꽃 바라보던 처녀도 죽어 "재"가 되어 흙에 섞였다가, "강물로 쓸고 내려가던 때,/땅속에 피어 있던 처녀의 피도 따라서/강으로 흘렀다."

앞의 시 제목에서 나타나듯,「因緣說話調」는 설화조의 담화 방식을 통해 사물의 인과론적인 질서를 보여준다. 이것은 비와 강의 부분적인 이미지 차용을 통해 구체화되고 있다. 나(모란꽃)와 처녀의 죽음은 비가 와서 강물에 도달하면서부터 새로운 생명체로 자리잡게 된다. 즉 물에 의한 공간 이동이 생명의 전이현상으로 대치된다.[81]

꽃/재/(강물)/물고기의 배, 처녀/죽음(땅속의 피)/(강물)/물고기 곁의 물살의 변이를 통해 식물/광물/(물)/동물로의 자연의 물질적인 변화과 정과 인간의 삶이 죽음을 통해 자연의 생명체로 접근하는 과정이 병치되고 있다. 리샤르에 의하면, 인간의 시체는 육체 속에 갇혀 물질대사의 법칙에 순응하고 있는 생명력을 해방시키는, 가장 부조리하게 생명의 모든 움직임을 내포하는 의미를 갖고 있다. 이 시에서 "재"나 처녀의 "땅 속의 피"는 이와 동일한 의미를 갖게 되고, 그 의미의 동인으로서 "강물"이나 "물살"이 보다 직접적으로 작용하고 있다.

그러므로 미당의 신라는 외부적인 현실(카오스의 세계)에 대해 그의 내면에 구축하고 있는 또 하나의 패러다이스(코스모스의 세계)라 할

---

81) 변해숙,「서정주시의 시간성 연구」, 이화여대석사논문, 1987, 58면.

수 있다. 그는 조그만 세계의 비전을 통해 밖의 커다란 세계를 들여다보고 있는 것이다. 여기에 미당의 상상력에 있어서의 역설의 세계가 있다.[82] 이처럼『新羅抄』의 모든 작품들은 숙명적인 피의 이율배반을 윤회의 차원으로 승화시킴으로써 극복하려는 노력의 소산이다.[83]

시집『新羅抄』는 아직 끝나지 않은 윤회가 무시무종의 사상 속에서 시작되는 시집이다. 피가 구름으로 증발하기도 하고 그 구름은 다시 땅으로 떨어지는 등, 불교의 인연설에 의한 신라정신을 발굴하고 유현한 신라의 하늘가에서 영원과 영생적 현존의 미학으로, 시인으로서 구경적 스스로의 영혼을 성장시켜온 것이라 할 수 있다.

5. 피의 인간적 해방과 자유에로의 의지

• 그들의 피의 소원을 따라 그 피의 분꽃같은 빛갈은 다 없어지고

— 「마른 여물목」

• 거꾸러지는/비이너스의 피가 보인다./사람것 보단은/아조 말쩡하다는/비이너스의 피가 보인다.

— 「여자의 손톱의 분홍속에서는」

• 그 몸 속의 핏빛을

— 「債權」

• 피여.피여/모든 이별 다 하였거든/博士가 된 피여.//피여/紅疫같은 이 붉은 빛갈과/물의 연합에서도 헤여지자.//붉은 핏빛은

— 「無題」

---

82) 김시태, 앞의 글, 359면.
83) 천이두, 앞의 글, 245면.

제 5시집에 이르면 양적인 감소보다 더 중요한 변화가 일어난다. 그
것은 바로 피에 대한 애착을 버리고 피와 이별하려고 하는 것이다. 그
러므로 여기서는 피로부터 떠나고자 하는 욕구와 떠날 수 없는 숙명간
의 갈등을 해소하기 위하여 피에 대한 인식을 심각성에서 가벼움으로
전환하고 탐미적인 자세를 갖게 된다.

　　　　　말라붙은 여울바닥에는 독자갈들이 들어나고
　　　　　그 우에 늙은 巫堂이 또 포개어 앉아
　　　　　바른 손 바닥의 금을 펴어 보고 있었다.

　　　　　이 여울을 끼고는
　　　　　한켠에서는 少年이, 한켠에서는 少女가
　　　　　두눈에 초롱불을 밝혀 가지고 눈을 처음 맞추고 있던 곳이다.

　　　　　少年은 山에 올라
　　　　　맨 높은데 낭떠러지에 절을 지어 지성을 다리다 돌아 가고,
　　　　　少女는 할수없이 여러군데 후살이가 되었다가 돌아 간 뒤……

　　　　　그들의 피의 소원을 따라 그 피의 분꽃같은 빛갈은 다 없어지고
　　　　　맑은 빗낱이 구름에서 흘러내려 이 앉은 자갈들우에 여울을 짓더니
　　　　　그것도 할 일 없어선지 자취를 감춘 뒤
　　　　　말라붙은 여울바닥에는 독자갈들이 드러나고
　　　　　그 우에 늙은 巫堂이 또 포개어 앉아
　　　　　바른 손바닥의 금을 펴어 보고 있었다.

　　　　　　　　　　　　　　　　　　　　　　　—「마른 여울목」전문

이 시는『질마재神話』가 창작되기 전의 작품으로 오브제(이야기=설화)를 이야기화하여 음악적 요소로 형상화하는 데 성공한 예가 된다. ① 소년과 소녀의 이룰 수 없었던 사랑의 이야기, ② 여울바닥을 배경으로 전개되는 장면, ③ 내재율이 보여주는 압축미의 전개는, 바로 이 시를 성공적인 예로 들 수 있는 매우 굳건한 바탕[84]이 될 것이다. 이 시에서 보여주는 "그 피의 분꽃같은 빛갈은" 소년과 소녀의 고행 뒤에 無의 세계를 그린 그런 빛깔인 것이다. 그러기 때문에 "그 피의 분꽃같은 빛갈은 다 없어지고", 그것이 마침내 "맑은 빗낱이 구름에서 흘러내려 이 앉은 자갈들우에 여울을 지"우며, 모두 "할 일 없어선지 자취를 감추"게 되는 무상의 존재를 뜻하게 된다.

> 얼쩡얼쩡하다가
> 軍人의
> 槍에 찔려
> 거꾸러지는
> 비이너스의 피가 보인다.
> 사람것 보단은
> 아조 말쩡하다는
> 비이너스의 피가 보인다.

　　　　　　　　　　　　　　－「여자의 손톱의 분홍 속에서는」3연

이것은 미적 대상으로서의 피로『冬天』이 지니고 있는 전반적인 자유로움과 탐미적 분위기를 보여주고, 그럼으로써 시적자아는 피로부

---

84) 김선학, 「설화의 시적 수용-『질마재신화』를 중심으로」,『한국문학연구』3, 1981.2, 250면.

터 해방된 경지에 이르고 있는 것이다.

> 피여.피여.
> 모든 이별 다 하였거던
> 博士가 된 피여.
> 인제는 山그늘 지는 어느 시골 네갈림길
> 마지막 이별하는 內外같이
>
> 피여
> 紅疫같은 이 붉은 빛갈과
> 물의 연합에서도 헤어지자.
>
> 붉은 핏빛은 장독대옆 맨드래미 새끼에게나
> 아니면 바윗속 굳은 어느 루비 새끼한테,
> 물氣는 할수없이 그렇지
> 하늘에 날아올라 둥둥 뜨는 구름에……

—「無題」1—3연

「無題」에서는 피의 "붉은 빛갈"과 "물"이 연합된 것으로 표현되고 있다. "붉은 빛갈"이 변화를 유발할 때에는 "능금"(「斷片」), "먹" "물감"(피란 결국은 느글거리어 못 견딜 노릇—「無題」), "맨드라미" "루비" 등으로 화하고 있으며, 물이 변화를 유발할 때에는 "소주"(여름날의 祭酒 같은 燒酒나 짓거나—「無題」), "구름"이 되고 있다.[85] 중심 이미지의 피는 바로 죽음을 상징하면서 또한 동시적으로 "영원 뿐인 하늘"이라는 새로운 세계를 창조하게 된다.[86]

---

85) 주옥, 「서정주시의 설화수용양상 연구」, 서강대석사논문, 1983, 88면.

그러니까 피가 해체되면 붉은 색은 지상의 꽃이 되고 루비가 되어저 바윗속으로 들어가는데 그 피가 해체된 물은 하늘로 상승해서 구름이 된다. 그러니까 피는 땅의 언어로, 하늘의 언어로 분할되는 것이다.[87] 이러한 것은 인간적인 집착에서 벗어나 우주적인 자연과 하나가 될 결의를 보여준 것이다. 이처럼『冬天』에 오면, 미당은 모든 집착에서 벗어나 자유롭게 됨을 알 수 있다.

그러므로 미당의 언어적 형벌은 일종의 천형이고,[88] 시는 결국 자기 스스로의 최후의 밑바닥과 만나는 시간이라 할 수 있다. 서정주의 시에는 서정주가 보이고, 서정주 이상의 것이 우리를 유혹한다. 그의 시는 우리를 우리가 의식하지 못하는 세계, 그러나 언젠가는 아득한 기억 속에 있는 그런 것과도 같은, 그 어떤 세계로 우리를 끌고 들어간다. 그건 내가 전혀 몰랐던 세계이니 서정주를 통해서 알게 된 것 같고, 그러고 보니 내가 모르는 사이에 그건 바로 내 스스로의 것도 같은 세계이다.[89]

끝으로 행동이 끝나는 데서 언어가 시작된다는 것, 이것이 서정주의 시다. 화사에서 신라시대까지 미당은 이러한 시의 미학을 언제나 정조대처럼 띠고 다녔던 것이다.[90]

IV. 결 론

미당에 관해서는, 그동안 여러 비평가와 시인들이 그 작품이 탁월하

---

86) 김영주, 「서정주시의 상징성에 관한 연구」, 경북대석사논문, 1980, 25면.
87) 이어령, 「피의 순환과정 — 미당시학」, 『문학사상』180, 1987.10, 155면.
88) 고운, 앞의 글, 290면.
89) 원형갑, 「서정주의 세계성 — 시의 현상학적 조명」, 도서출판 들소리, 1982, 99면.
90) 이어령, 「한국시의 두 갈래길」, 『지성의 오솔길』, 1967.8, 240면.

다고 평가하기도 하고, 더러는 비판해 온 것을 앞에서 살펴보았다. 그를 가리켜 "영원의 시인", "신화적 존재", "절대의 시인" 등으로 옹호해온 사람들이 있는가 하면, 바로 이런 수식어의 속성들에 의해서 그는 역으로 "현실도피자", "구름 위에서 사는 시인"; "회고병 환자" 등의 비난을 면치 못하고 있는 것도 사실이다. 그러나, 그는 그렇게까지 신비로울 것도, 절대적일 것도, 또 위대할 것도 없는 그냥 우수하고도 정통한 한 사람의 시인에 불과한 것이다.[91)]

이상의 『花蛇集』으로부터 『冬天』에 이르는 약 30년의 고된 역정은, 바로 육신의 무게, 운명의 조건들을 극복하려는 치열한 몸부림과 고통의 과정이었으며, 예술적인 상승의 몸짓을 보여준 지난한 시기였던 데서 의미를 보인다. 그것은 생명의 유연화이자 사랑의 투명화를 얻기 위한 구도의 과정이며, 동시에 예술적 형상화를 위한 고된 순례의 길에 해당하는 것이다.[92)]

김용태는 현재까지의 미당의 시를 전 4기로 구분하여 제 1기의 『花蛇集』 시대의 시를 "번뇌와 서원의 모습"으로 파악하였고, 제 2기 『歸蜀途』(『徐廷柱詩選』포함) 시대의 시를 "구도적 정진"으로 보았으며, 제 3기의 『新羅抄』(『冬天』포함) 시대의 시를 "실상의 상주와 시공의 초월"로서 보았고, 제 4기의 『질마재 神話』(『떠돌이의 詩』포함) 시대의 시를 "무애의 자유와 대승의 회향"으로 파악하였다.[93)]

류근조에 의하면, 미당은 ① 방황기(탄생에서 『歸蜀途』까지)와 ② 안주기(『歸蜀途』이후 『徐廷柱詩選』까지)를 거쳐 ③ 승화기(『徐廷柱

91) 이성부, 「서정주의 시세계—『서정주전집』을 읽고」, 『창작과 비평』26, 1972.12, 737면.
92) 김재홍, 「미당 서정주—대지적 삶과 생명에의 비상」, 『한국현대시인연구』, 일지사, 1986, 343면.
93) 김용태, 「서정주론」, 『현대문학』269, 1977.5, 115면.

詩選』이후『冬天』까지)에 이른다[94]고 했다. 그러나 본고에서 살펴보았듯, 미당은 한국현대시사에서 정지용, 김광균 등의 모더니즘시가 결여하고 있는 인생적 생명적 요소를 표백함과 동시에 우리시의 기조에 토속적 악마적인 정조를 접맥하였다는 결론[95]에 도달하였다.

요컨대, 미당은『花蛇集』에서는 자신의 생명을 정열과 야수적 정욕으로써 백열상태로 끌어올려 서구적인 표현형태를 시험하였고,『歸蜀途』와『菊花 옆에서』까지 이르는 몇몇 시편(『徐廷柱詩選』수록) 등에선 민족적인 정서를 보편화하여 자기 안에 소화시키려는 의식적인 몸부림을 하였으며, 그리고『新羅抄』에 와서는 신라 정신을 우리 문학 전통의 정신적 광맥으로서 개착하여 신라의 영원주의 사상을 우리에게 제시하고 있는 유일한 시인이다.[96]

그러나, 한편 미당은『花蛇集』의 행동적이며 육감적인 서구적 이성의 전통에서 출발하여『歸蜀途』이후, 감성의 세계로 귀의하여 정관적인 동양의 전통으로 옮겨온 시적 변모를 보여주기도 한 것이다. 미당의 시들은 6 · 25를 전후한 시대의 우리 민족의 현실을 잘 파악하고, 그 고난을 이길 수 있는 희망을 준 시들로서, 이 민족에게 위안을 주면서도 전통적인 정서를 캐내었기 때문에 그 시대의 대표적 신고전주의 시인이라고 할 수 있다.[97]

앞에서 살펴 본 피의 심상을 각 시기의 시집별로 요약해 보면 다음과 같다.

우선『花蛇集』에서 피는 그의 이슬에 언제나 섞여 있는 숙명적인 존

---

94) 류근조,「미당시에 있어서 Ethos적 영원성에 관한 연구」,『충남대대학원연구보고서』, 1974.1, 165면.
95) 감태준,「미당과 목월의 거리(下)」,『월간문학』170, 1983.4, 204면.
96) 김학동, 앞의 글, 118면.
97) 조운제, 앞의 글, 333면.

재였다. 그리하여 그것은 생명의 상징이며, 동시에 상처에서 오는 생명의 위협, 붉은 색조의 강렬한 인상으로 말한, 갇힌 바람이 주는 구속감, 굴욕감, 원죄의식 등과 결합하여 설움으로 나타나고, 그 반작용으로 보다 강렬한 관능에 대한 욕구 등으로 나타났다.

『歸蜀途』에서, 피가 줄어드는 것은 출혈의 상처가 줄어든 것을 의미하며, 외면적이든 내면적이든 간에 그만큼 안정된 자세를 갖게 되었음을 뜻한다. 즉, 표면적인 상처가 내면적인 고통으로 이행되는 것은 인고와 절제를 통한 다스림으로 보아야 한다.

『徐廷柱詩選』에서, 미당은 『花蛇集』의 열정과 『歸蜀途』의 한을 다스리는 마음의 안정과 여유를 갖게 되며, 그것은 타협과 완곡의 자세를 수용한, 현실과의 화해로 비롯된 시적 현실과 영혼 성장의 상승적 성과를 내포한다.

『新羅抄』는 영원주의를 시화한 것으로, 한국 현대시가 눈뜨지 못한 역사적인 소재를 다루고 있다. 여기에 나타나는 신라정신은 한국적인 전통을 모색하려는 작업에서부터 출발하는데, 『新羅抄』에 등장하는 피는 지상 세계에 대한 애착을 나타내고 있지만, 『新羅抄』의 모든 작품들은 숙명적인 피의 이율배반을 윤회의 차원으로 승화시킴으로써 이전의 것을 극복하려는 노력의 소산을 보여주고 있다.

『冬天』에서는 피가 다시 감소하여 그것으로 상징되는 지상 세계에 대한 애착에서 벗어나고 있음을 보여준다. 생명의 근원이나 생명 충동 욕구로 나타났던 과거의 피에 대한 집착도 버리고, 스스로의 영혼을 성장시킴으로써 인간적인 숙명과 현세적 삶으로부터도 해방되었음을 보여준다.

▪ 2장 ▪ 서정주 시에 나타난 기억의 의미

—『질마재 신화』와『팔할이 바람』을 중심으로

Ⅰ. 서론

서정주 시에 대한 연구는 지금까지 시인의 60여 년이라는 긴 시력 (詩歷)과 그의 시가 지닌 다양성으로 인해 다각도로 수행되어 왔다. 그러나 그동안 연구된 논문을 보면 대부분이 그의 정치적 이력 때문에 찬탄과 비판이 양면을 이루고 있음을 알 수 있다. 따라서 본고에서는 저자(또는 작가)와 작품을 분리한 구체적인 텍스트 분석을 논의의 축으로 둔다. "저자는 그 자신의 죽음으로 들어가며, 글쓰기가 시작된다."[1] (저자가 죽고 나서야 작품이 시작된다.—필자) 는 데 논의의 축을 둔다. 왜냐하면, '저자의 죽음' 또는 '저자를 괄호로 묶고 난' 이후에야 '텍스트'가 존재하기 때문이다. 이때의 텍스트 연구는 저자와는 독립된 부분으로, 시인과 시 텍스트에 대한 평가의 잣대 또한 관점에 따라 다양한 각도에서 해석될 수 있다.

---

1) Roland Barthes, 『텍스트의 즐거움』, 김희영 역, 동문선, 2002, 28면.

그런데 본고는 시인의 시 텍스트를 최근의 인문학의 화두인 기억 이론으로 접근해 보고자 한다. 그동안의 연구들이 대부분 서정주 시인의 시가 가진 탁월한 서정성이나 주제, 신화성 등과 같은 시적 특징만을 다룬 것이 주류를 이루어 왔고, 시에서 기억의 형상들을 찾아보는 의미 있는 작업은 이루어지지 않았기 때문이다.

문학이란 근본적으로 기억을 떠나서는 생각할 수 없다. 일차적으로 작가나 시인은 과거와의 기억과 화해하기 위해서 글을 쓴다. "기억은 과거지향적이고 망각의 베일을 통해 과거로 흘러 들어가기도 하거나"[2] "기억은 과거를 현재에로 삽입시"[3]키기도 한다. 그러나 인간행위의 근본이 되는 기억의 문제는 당시 독자가 처한 상황, 새로운 이데올로기에 의해 언제나 왜곡될 수 있다. 즉 기억이란 우리가 그에 부여하는 가치만큼 신빙성이 있는 진리나 자료가 아니라 대부분 어떤 정열에 의해서 왜곡되거나 그때그때의 주도적인 권력에 의해 지배되어 나타난다. 근대 제국주의 시대만큼 기억과 왜곡이 인간사를 지배한 적도 없다. 이러한 기억은 한 민족의 집단적 기억과 정체성과도 관련되어 있다. 시인들이 정치적 입장과는 관계없는 것을 문학이라는 이름의 기억으로 남겨 놓는다면 민족적 정체성으로서의 문학이나 현실 반영으로서의 문학은 공소한 주장이 되고 만다. 우리 민족의 경우, 일제에 의해 역사가 왜곡되고, 이런 왜곡은 다시 공산주의와 자본주의라는 이데올로기의 대립으로 이어져 기억의 왜곡은 더욱 더 많은 역사적 질곡을 거쳐 아직도 "어두운 망각"[4]으로 남아 있다. 왜냐하면 기억과 역사는 불가분리의 관계에 있고, 『질마재 신화』와 『팔할이 바람』에 나타난

---

2) Aleida Assmann, 『기억의 공간』, 변학수 외 옮김, 경북대학교 출판부, 2003, 60면.
3) Henri Bergson, 『물질과 기억』, 홍영실 옮김, 교보문고, 1991, 81면.
4) Harald Weinrich, 『망각의 강 레테』, 백설자 옮김, 문학동네, 2004, 21면.

시들 속에는 한국 현대시의 특성 뿐 아니라 당대의 시대적 기억을 내재한 한국 문학의 대표성을 띄기 때문이다. 텍스트 자체에 논의의 출발점을 두면서도 서정주 시에 나타난 기억 속에 겹치는 역사의 면을 도외시할 수가 없다. 그러므로 이런 점에서 기억은 학문 연구에 있어서 새로운 패러다임을 제공한다.

II. 기억의 의미

니체는 초기 저서에서 삶에 필요한 기억과 삶과 거리가 먼 역사를 논쟁적으로 대립시켜 역사에는 '회상'이, 기억에는 '망각'이 해당된다고 했다. 알브박스는 살아 있는 인간들을 결속시키는 것은 공동 기억, 즉 '집단적 기억'임을 도출해 내었다. 피에르 노라는 집단기억 뒤에는 집단의 혼도 객관적인 정신도 숨어 있지 않고 기호와 상징을 가진 사회만이 있다는 점을 지적했다. 공동의 상징을 매개로 하여 개개의 상징은 공동의 기억과 공동의 정체성에 참여한다는 것이다. 아스만은 역사와 기억을 상호간에 배제하지도 않고 억압하지도 않아야 할 기억의 두 가지 양태로 규정했다. 역사와 기억을 '강압적 선택'(라인하르트 코젤렉)으로 보려는 입장은, 니체에 의하면 문화비판적 수사학이 지니는 탈마법의 페이소스와 같은 것이다. 기억과 역사를 양극으로 보느냐 동일시하느냐 하는 문제는, 활성적 기억과 비활성적 기억의 관계를 회상기억의 두 가지 상보적 양태로 파악하는 데 있다. 즉, 전자를 기능기억, 후자를 저장기억으로 명명할 수 있다. 기능기억의 특징은 집단 관련성, 선택, 관련 가치, 목적 의식 등이고, 저장기억은 이차적 질서의 기억, 곧 기억들의 기억을 뜻하는데, 이 둘은 서로 교차되어 있다. 이러한 저장기억은 "무정형의 덩어리"로, 정돈되지 않은 기억들의 마당이다. 이 기억이 기능기억을 둘러싸고 있다.

집단적 영역에서 저장기억은 시대착오적이며 낯선, 중립적이고 추상적으로 정체성을 규정하는 사실 지식 뿐 아니라 선택되지 않은 가능성, 쓰여지지 않은 기회의 다양한 목록들을 가지고 있다. 그에 반해 기능기억은 선택, 연관성, 의미구성(알브박스—틀의 형성)에서 생성되는, 적용된 기능을 말한다. 기능기억은 정치적인 요구와 관련되어 있거나 명확한 정체성을 부각시키는 데 반해, 저장기능은 문화적 기억의 다양한 관점과는 대립 양상을 형성한다. 저장기억은 '르네상스'라고 명명하는 문화적 현상의 전제 조건일 뿐 아니라 문화적 지식을 복구하는 기본적인 자원이자 문화적 전환 가능성의 조건이다.

그런데, 끊임없는 혁신의 가능성은 기능기억과 저장기억 사이의 경계선이 허물어져 상호왕래를 할 때이다. 루츠 니트함머는 기억이 역사학에 대한 새로운 패러다임임을 강조한다. 역사학의 방향을 제시해야 할 기억은 니트함머에 따르면, '전통'과 '잔재'의 두 가지 면을 가지고 있다. 니트함머가 말하는 '전통'이란 의식적이고 의지적인 기억인데, 그런 기억은 과거사를 사회적 의미 구성으로 조직하도록 강요한다. 그에 반해 '잔재'는 이제 더 이상 의식하지 않은 기억이나 아직 의식 속으로 들어오지 않은 기억, 즉 무의도적 기억(mémoire involuntaire)과 같은 것이다. 니트함머는 "아무 것도 완전히 망각될 수는 없으며, 또는 덧씌워진 기억을 얻게 되며, 이 기억은 원칙적으로 다시 발견될 것"이라는 점에서 출발하는데, 그는 기억 속에서 집단적 무의식의 기억을 인식했다. 이것은 "사회적으로 의식된 것과 상실된 것 사이의 중간 영역에 자리한" 것이다. 니트함머의 '전통'과 '잔재'의 대비는 '기능기억'과 '저장기억'의 대비로 바꿀 수 있다. 기억의 이런 두 가지 양태는 서로의 교차 속에 서로를 위한 상보적 치유책이 숨어 있다. 그 이유는 기능기억에서 해방된 저장기억은 대규모 무의미한 정보로 전락할 수 있기 때문이다. 저장기억이 기능기억을 입증하고 지지하고 교정하는 한편, 기능기억은 저장기억에 방향을 제시하고 동기를 유발한다. 이두 가지는 하나이면서 "서로의 내적 차이의 다양성을 추구하며 외부로 발현하는" 다양한 문화 현상이 된다.

　활성화된 기능기억과 비활성화된 저장기억 외에 제 3의 영역인 '보존적 망각'의 영역이 있다. 더 이상 쓸모 없게 된 것, 주의를 끌지 못하고 버려진 것을 영원히 보관하는 것을 통해서 심층의 특성이 기억의 공간 내에서 창출되는데 이것은 예상치 못한 부흥이나 활성화를 가능하게 할 뿐 아니라 '문화적 무의식'의 상상들에 자양분을 공급한다. 한 설음 더 나아가 이런 층위의 구조를 통해 문화적 잔여물과 문화적 쓰레기가 역사학과 예술에 얼마나 중요한지 설명된다.[5]

III. 서정주 시와 기억

　문학은 기억과 많은 관련이 있다. 문학은 공동체적 기억과 개인적 기억 사이의 편차에 관한 서술이라 할 수 있는데, 라인하르트 코젤렉은 사가의 기억을 '순수기억', 시인의 기억을 '경험기억'이라 명명하여 순수기억, 즉 역사가 기억을 통제한 이유를 설명했다. 누가, 언제, 어디서, 무엇을, 왜, 어떻게 기억하느냐 하는 문제는 문학적 문제일 뿐 아니라 문화적 문제이며 민족의 정체성과 관련된 역사적 인식에 관한 문제이기도 하기 때문이다. 그런 문화적·문학적 카테고리 중에서

---

5) Aleida Assmann, 앞의 책, 164-184면, 533-540면을 참고.

'기억'이라는 말만큼 많은 학문을 연결해주고 그 학문들이 갖고 있는 한계를 극복시켜줄 만한 것도 없는데, 이것은 역사와 문학을 연결해준다. 우리 학계에는 이 문제에 대해 아직 이렇다 할 담론을 제시하지 못하고 있다.[6] 이런 의미에서 필자는 서정주 시를 기억의 관계로 해석해보고자 한다.

서정주 시에 관한 연구[7]는 방법론적으로 크게 두 가지로 나눌 수 있다. 시인의 詩歷과 관련하여 그의 시를 살펴본 연구방향이 하나이고, 그의 시가 가진 서정성과 민족적 정서를 다룬 작품 내재적 연구가 다른 하나이다. 그러나 본 연구에서는 이러한 기존의 연구방향을 그대로 답습하기보다는 기억 이론을 서정주 시 텍스트 해석에 접목하되, 연구의 대상을 『질마재 신화』와 『팔할이 바람』으로 한정하여 다루려고 한다. 특히 이 두 시집으로 한정한 이유는 그의 15시집 중에서도 기억과 크게 관련되는 시가 이 시집들에서 많이 발견되기 때문이다.

이외에도 본 연구는 시작품을 하나의 완성된 기억의 유기체로 보지 않고, 시 텍스트 하나 하나가, 또는 앞의 시 텍스트가 뒤에 발표된 시 텍스트에 의미적으로 관련될 수 있다는 입장에 있다. 본고를 쓰게 된 배경은 또한 시 텍스트에 나타난 기억이 문화 읽기의 한 통로로 볼 수 있을 뿐 아니라 서정주 시인의 다른 시 텍스트와도 상호텍스트적 관련을 맺고 있는, 상호텍스트 이론(intertextuality)에 기대고 있다는 점 때문이다. 이러한 연구방법의 궁극적인 목적은 서정주 시인의 시 텍스트

---

6) 최근 발표된 기억에 관한 글들은 다음과 같다.
　　김인호, 「최인훈 소설에 나타난 기억의 양상―『서유기』와 『화두』를 중심으로」, 『(제48회 전국 국어국문학학술대회) 국어국문학문 후속세대를 위하여: 현재와 미래』, 2005.5.28. 73―80면.
　　김현미, 「18세기 연행록 속의 병자호란」, 앞의 책, 65―72면.
7) 김정신의 「서정주 시의 변모과정 연구」(경북대박사논문, 2000. 1―7면)를 보면, 서정주 시에 관한 연구가 자세히 유형별로 분류되어 있다.

에 나타난 기억이 당대의 기억과 어떤 상관관계를 맺고 있는지 알아보는 것이다. 왜냐하면 이러한 기억에 녹아있는 당대의 기억은 역사적 기록이나 사서에서는 찾아볼 수 없는 한국인의 민족적 정체성과 문화를 대변해 줄 수 있는 문화코드가 될 수도 있기 때문이다.

몇 해 전 한국 시단에서 '정부'라고 회자되던 서정주 시인이 타계했다. 한쪽에서는 그를 '매국노'로 비난하고 다른 한쪽에서는 그를 '민족 시인'으로 칭송한다. 그러나 이런 문제는 학문적 이해나 지식에서보다는 이데올로기의 산물이거나 정치적 평가에 불과하기 때문에 그 논지를 따르는 것은 위험한 일이다. 본고는 서정주 시인의 『질마재 신화』와 『팔할이 바람』 텍스트를 통해서 그들의 현실이 시적 텍스트에 어떻게 형상화되고 굴절되는지 다루기로 한다.

최근 학계에서는 일제 치하의 문제를 재조명하자는 운동이 활발히 진행되어 왔다. 이런 운동의 취지는 단순히 친일했던 사람들을 과거청산과 처단이라는 차원에서보다는 역사적 기억의 청명한 판단에 있다. 과거극복과 역사적 평가라는 문제를 넘어 시적 기억과 역사적 기억의 문제를 좀더 깊이 있게 성찰할 수 있는 맥락에서도 조명할 수 있어야 한다. 이런 차원에서 서정주의 시 텍스트를 기억 이론과 문화 비교학적 차원에서 살펴보고 그 의미를 유추해 보기로 한다. 원래 고대 기억술에 의하면 시인에게 부여된 고유의 직무는 역사를 기억하는 기억술자로서뿐만 아니라 누군가(봉건사회에서는 대부분 왕이나 조정의 지배자들— 필자)를 기리거나 명성을 영원화하는 송덕자로서도 그 역할을 한몫하고 있다. 따라서 그들은 "기릴 만한 사람이 죽는 것을 뮤즈는 허락하지 않는다."[8]는 사실을 굳게 믿어왔다. 이와 같이 역사적으로 시와 시인은 지배자와 그 지배자의 역사적 과업을 기리는 종신문학으

8) Aleida Assmann, 앞의 책, 45면.

로 자리매김되었다. 그러나 시민사회의 등장과 더불어 시인의 역할도 점차 개인의 영역으로 전환되기 시작했다.

근대로 오면서 영웅은 없어지고 시인이 그 자리를 대신했는데, 문제는 민족적 정체성으로서의 시인과 개인 자체로서의 시인이 동질적인 것으로 간주될 수 있느냐는 것과 관련이 있다. 서정주 시인은 이런 과정에서 제외된다. 왜냐하면 서정주 시인은 이데올로기를 통해 지속적으로 왜곡되는 과정을 겪어 왔기 때문이다. 그런 의미에서 기억으로서의 문학은 어떤 특정한 가치를 담을 뿐만 아니라 사료적 자료 이상의 시대적 의식을 제시할 수도 있다.[9]

서정주 시인의 시 텍스트들에 녹아 있는 기억의 문제는 1940년대 근·현대사와도 밀접한 관련이 있다. 그의 문단활동이 활발하게 전개되었던 전반기는 황민화 정책의 강화와 파시즘의 건설을 위한 모색기로 평가될 수 있다. 특히 1940년대 전반기에 대한 연구는 주로 일제의

---

9) 그 예로 다음과 같은 말을 들 수 있다. "Wenn die letzten Zeitzeugen gestorben sind, gehört ein historisches Ereignis allein der Erinnerung. Dann kommt neben derGeschichtsschreibung der Kunst eine zentrale Rolle zu. Film und Fernsehen sind dabei von wachsender Bedeutung, weil die Macht der Bilder in unserer Kultur zunimmt. Aber die Literatur bleibt nach wie vor das wichtigste Medium, weil sie die komplexen Prozesse wesentlich differenzierter darstellen kann, die verschiedenen Geschichten nebeneinander erzählt, freier mit den Zeitebenen umgehen kann — und das ineiner Vielfalt, von der die genannten Texte eine Andeutung geben sollten.(시대의 최후 증인들이 세상을 떠나게 되면 역사적 사건은 오로지 기억에만 남게 된다. 그러면 역사기술과 더불어 예술에 중심적인 역할이 부여된다. 영화와 텔레비전이 동시에 점차 중요해진다. 우리 시대에는 이미지의 힘이 점점 더 커지기 때문이다. 하지만 문학은 예전과 마찬가지로 가장 중요한 매체로 남는다. 왜냐하면 문학은 복잡다단한 과정들을 본질적으로 거리를 두고 묘사할 수 있기 때문이며 다양한 이야기들을 동시에 이야기할 수 있으며 자요롭게 시대 영역들에 접근할 수 있기 때문이다. 언급한 텍스트들이 하나의 의미를 부여할 수 있는 다양함을 (문자)매체는 가지고 있기 때문이다." —하르트무트 슈타이네케, 『외국인저명학자 초청강연회: 문학과 기억』, 경북대학교 대학원 문학치료학과, 2005.10.21, 9면, 25면 참조.

압제와 이에 대한 독립운동의 실상 등이 집중적으로 연구된 반면 친일·반 민족사에 대한 연구는 소홀히 해왔다. 이 점은 한국 근·현대사가 독립운동사, 일제 침략사, 친일·반민족사로서의 세 측면을 가지고 있으나 역사 연구가 앞의 두 측면만 부각시킨 관계로 역사 인식의 면에서 불구성이라는 한계를 면치 못하고 있는 실정이다.

이런 면에서 역사는 기억을 입증하고 지지해주는 한편, 기억은 역사에 방향을 제시해 줄 수 있다. 이 두 가지는 서로 교차하면서 다양한 문화 현상을 드러내기도 한다. 따라서 본고는 서정주 시인의 『질마재 신화』와 『팔할이 바람』의 시들에 나타난 기억을 추적해 나가는 동시에 기억 이론을 적용하여 시 텍스트를 상호 텍스트성이라는 관점에서 파악해 나갈 것이다. 이것은 서정주 시인의 시 연구에 새로운 지평을 열 수 있는 계기가 될 것이다.

IV. 『질마재 신화』와 『팔할이 바람』에 나타난 기억

본 연구는 『질마재 신화』와 『팔할이 바람』에 나타난 시작품들을 다루되, 기억의 흔적들을 찾기 위해서는 그의 초기시나 중기시도 선별하여 포함시키기로 한다. 시인의 초기적 기억은 유년으로부터 끌어온 개인적 기억을 집단적 기억으로 환원시키는 역할을 하고 있다. 예를 들면 시인의 개인적 체험이 '애비', '어매', '종', '피', '바람' 등과 같은 집단적 기억으로 환원되는데, 이것은 당대의 기억과도 동일한 코드가 된다. 그의 시는 시대적 이데올로기가 변화를 체험할 때마다 다른 기억의 옷을 입는다. 이것은 시인이 시를 쓴 시대적 현실 정치와도 관련이 있다. 여기서 필자는 시대가 지날 때마다 다른 기억의 형상을 만들어 낸 서정주 시인의 시 텍스트를 과거극복과 역사적 평가라는 문제를 넘어선 기억의 문제로 깊이 있게 성찰해 보고자 한다.

『질마재 신화』와 『팔할이 바람』의 기억을 대변해주는 초기시를 먼저 살펴 보면, 「자화상」에서의 "찰란히 티워오는 어느 아침에도/이마 우에 언친 시의 이슬에는/몇방울의 피가 언제나 서껴있어"란 구절에서 시에서의 경험적 기억은 사라지고 순수기억만 남게 된다. 순수기억은 언어로 남아 있고 그것 때문에 시인 언어에 대한 숭배화가 가능하게 된다. 그 순수기억은 바로 그가 만들어낸 언어들이다. 그의 시어들을 살펴보면 전적으로 충동적 감정을 표현하는 격정적 언어로 되어 있음을 알 수 있다. 그렇기 때문에 서정주 시인의 시가 형식적으로는 후기에 와서 새로운 형상을 하고 있지만 주제와 내용을 좀더 자세히 들여다보면 시적인 이미지들이 내적인 정서로 체현되고 있다는 점을 알 수 있다. 민족어의 재발견이라는 그의 시적 가치가 그의 시에서 방언과 구어로 드러나는데 그의 시가 지향하고 있는 바가 기억이란 측면에서 현실이나 실제적 내면이 아니라 하나의 시적 기호라는 측면이 강해진다는 사실이다. 기억이 표현의 기호를 통해 가능한 세계를 재구성한다는 데 근본적인 문제를 안고 있는 것이다. 이런 점에서 형식주의적 관점에서 그의 시가 한국 사회에서 또는 전통에서 현실을 지시하는 사건이 아니라 시적 유희의 양태라고 한다면 "복고적이거나 전근대적 사회경향"(아도르노)을 옹호하는 시가 아름답게 느껴질 것이다. 다시 말해 이러한 모습은 문학 내재적인 것도 역사적인 것도 아닌 기억의 차원에서 이루어져야 한다. 「자화상」에서 시인은 스물세 살이라는 자신의 모습을 그려내면서 격정적 언어로 민족어의 모태 속으로 회귀하는 면을 보여주는 동시에 민족의 고유함을 보여주려고 했다. 기억의 범주에서 먼저 유년의 기억의 시를 찾아보기로 한다.

손등에 굵은 심줄 새파랗게 드러난
진땀나는 삼십대의 수녀(修女)같은 색시가
윗도리만 입은 나를 참말로 사랑해
그 무릎에 끌어안고 부채질을 해주시네.
빨아벗은 내 아랫도리 꼬치에다가
귀엽다고 더 열심히 부채질을 해주시네.

방안에는 성탄절날 수녀같은 색시들이
대여섯 명, 그중에 한 색시가 말씀을 하네.
내 꼬치 모양이 특히 좋다고 굽어다보며
"아흐 고 꼬치에 땀 방울이 이뻐"하고
음력 초사흘날 달눈썹 아래
초롱같은 두 눈에 불을 밝혀 속삭이네.
ㄱ 말씀과 ㄱ 눈 ㄱ 눈썹을
아조 잊어버릴 수는 영원히 없을거야.

— 「사내자식 길들이기 · 1」[10] 중 일부

시는 기억의 일부분이다. 물론 시가 허구를 그려낸다는 것은 사실이나, 그것은 자신의 체험 중 기억을 바탕으로 삼는다. 기억이 과거를 창조하는 것이 아니라 재현한다는 이유로 문학 쪽에서는 도리어 기억의 기능을 경시[11]해 왔다. 기억이 없이는 시인 뿐만 아니라 일반인에게도 모든 사건과 사물들이 의미가 없다. 모든 시인은 자신의 기억에서 원초적인 체험들을 끄집어내 거기에 허구의 옷을 입혀 시를 만들어낸다.

서정주 역시 그의 어린 시절의 기억을 작품화했다. 그의 유년의 기

---

10) 서정주, 『팔할이 바람』, 혜원출판사, 1988, 16−19면. 앞으로 본고에서는 『질마재 신화』(일지사, 1975)를 『신화』로, 『팔할이 바람』을 『바람』으로 약칭하기로 한다.
11) 김준오, 『시론』(제4판), 삼지원, 1997. 379면.

억은 그의 생애를 걸쳐 그의 정신세계를 지배한다.[12] 그 중에서도 이 시는 육체에의 자각을 드러낸 시로, 그에게는 지울 수 없는 원체험으로 작용하고 있다. 어른이 된 뒤 追체험을 보여주는 것으로, 과거 속으로 들어가 시인의 기억 속에 잔재되어 있는 기억을 끄집어낸 것이다. 동네 여인들에 둘러싸인 황홀한 기억에는 그의 시 특징을 이루는 여성 편향적인 면이 이미 내재되어 있다.

> 일본 '나가노'라는 데서 '요시무라 아야꼬'라는
> 서른 네 살짜리 과부 여선생이 혼자서
> 3학년 된 우리 담임 선생으로 정해져 왔는데,
> 이 '오까미상'이
> 내 가슴 속 염통에까지
> 고요한 날의 바이얼린 소리처럼
> 찡하고 울려 오는
> 내 맨 처음의 여인이 되었네.

—「茁浦 2」[13] 중 일부

이 시는 서정주 시의 전체를 지배하는 여인 중 일본인 여교사를 기억하며 쓴 시다. 서정주 자신은 '요시노'라는 일본 여선생과의 만남을 자신의 문학적 생애에서 기념비적인 사건이라고 말한다. 그러나 당시의 시대적 상황과 시인으로서의 운명을 생각해 볼 때, 이 일본인 여교사와의 만남에서 서정주 시인의 비극은 이미 탄생되었다고 할 수 있다. 그러나 시 텍스트 자체를 놓고 볼 때, 이 시 또한 기억의 문제를 건

---

12) 김정신, 앞의 논문, 10—18면.
13) 서정주, 『바람』, 36—39면.

드리는 중요한 모티프를 제공해주고 있다. '요시무라 아야꼬'라는 기억은 과거 속의 인물을 현재로 끌어내고 있다는 점에서 문학적 기억의 바탕이 되고 있음은 주지의 사실이다. 그러나 그가 처한 일제 치하에서 일본인 여선생을 좋아한다는 사실 자체가 앞으로 그에게 안고올 파장은 이 시에서 예견되고도 남는다. 시대적 이데올로기라는 옷을 바꿔 입으며, 어떻게 자신의 기억의 옷을 입을 것인지 짐작이 가는 대목이다. 이 시에서 그의 개인적 기억 속에는 앞으로 닥쳐올 집단적 기억을 내포하고 있다. 이러한 기억은 1960년 『현대문학』에 발표된 「내 영원은」에서도 잘 드러나고 있는데, 이 시는 시인이 열두 살 때 만난 일본인 여선생은 서정주의 가슴에서 30년 이상 잠자고 있다가 기억의 힘으로 되살아나고 있다. 기억을 통하여 인간의 본질을 원형대로 재발견하는 면을 볼 수 있다.

> 그래 1937년 늦봄에는 또
> 제주도라 서귀포의 바닷가 언덕에 와
> 혼자 배꼽을 하늘에 드러내 놓고
> 우두머니 누워서 빈둥거리고만 있었나니
>
> —「제주도에서」[14] 중 일부

서정주의 긴 방랑 중 제주도에서의 생활을 다룬 이 시를 빼놓을 수 없다. 이런 방황 끝에 서정주는 고향으로 돌아와 그 유명한 「자화상」을 쓰기도 했다. 「제주도에서」는 니체에게 영향을 받아 배꼽을 드러내 놓고 신인동형처럼 행동하던 그의 치기어린 모습을 보여준다. 이 시는

---

14) 앞의 책, 91–94면.

1937년이라는 암울한 세계사적 시대와는 무관하게 한 청년의 방황하는 자화상을 드러내는 기억을 담고 있다. 또한 기억은 죽음보다 더한 고통을 주기도 한다. 죽음은 완전한 망각이다. 그러나 살아 있음으로 인간이 지닌 기억은 그 기억 자체만으로도 고통스러울 수 있다. 이 시는 그런 뉘앙스를 풍겨주고 있다.

> 그때에는 왜 그러시는지 나는 아직 몰랐읍니다만, 그분이 돌아가신 인제 그 이유를 간신히 알긴알 것 같습니다. 우리 외할아버지는 배를 타고 먼 바다로 고기잡이를 다니시던漁夫로, 내가 생겨나기 전 어느 해 겨울의 모진 바람에 어느 바다에선지 휘말려 빠져 버리곤 영영 돌아오지 못한 채로 있는 것이라 하니, 아마 외할머니는 그 남편의 바닷물이 자기집 마당에 몰려 들어오는 것을 보고그렇게 말도 못 하고 얼굴만 붉어져 있었던 것이겠지요.
>
> — 「海溢」[15] 중 일부

이 시는 외할아버지의 변신인 해일을 맞이하는 외할머니의 수줍어하는 모습을 담은 시다. 이 시의 소재 역시 서정주 시의 특징인 스토리를 담고 있는 시로, 외할머니의 모습이 우리의 전통적인 여인의 인고의 모습을 담아낸 것으로, 이것 역시 시인의 어릴 적 기억에 의존하고 있다. 때로 시간을 초월해서 생각을 떠올리는 기억의 힘, 즉 초시간성으로 정의되는 게 기억작용이다.

> 나보고 명절날 신으라고 아버지가 사다 주신 내 신발을 나는 먼 바다로 흘러내리는 개울물에서 장난하고 놀다가 그만 떠내려 보내 버리

---

15) 앞의 책, 11면.

고 말았읍니다. 아마 내 이 신발은 벌써 邊山 콧등 밑의 개안을 벗어나
서 이 세상의 온갖 바닷가를 내 대신 굽이치며 돌아다니고 있을 것입니
다.

아버지는 이어서 그것 대신의 신발을 또 한 켤레 사다가 신겨주시긴
했읍니다만, 그러나 이것은 어디까지나 대용품일 뿐, 그 대용품을 신고
명절을 맞이해야 했읍니다.

그래, 내가 스스로 내 신발을 사 신게 된 뒤에도 예순이 다 된 지금까
지 나는 아직 대용품으로 신발을 사 신는 습관을 고치지 못한 그대로
있읍니다.

—「신발」[16] 전문

이 시에서 '신발'은 플라톤의 이데아에 해당되는 것이다. 원형 또는
본질에 해당되는 것을 잃어버려 그 세계는 영원히 잃어버린 향수에 지
나지 않는 것일까? 대용품은 역시 대용품일 뿐, 원형은 이미 사라지고
없다. 원형은 상실되었기에 더욱 소중한지 모른다. 이 시 역시 어릴 적
의 기억을 더듬어 쓴 훌륭한 시다. 기억은 실제 경험을 수정하고 유형
화시켜 '완성된 경험'으로 재현시킨다.

내가 여름 학질에 여러 직 앓아 영 못 쓰게 되면 아버지는 나를 업어
다가 山과 바다와 들녘과 마을로 통하는 외진 네갈림길에 놓인 널찍한
바다 위에다 얹어 버려 두었읍니다. 빨가벗은 내 등대기에다간 복숭아
푸른 잎을 밥풀로 짓이겨 붙여 놓고, "꼼짝말고 가만히 엎드렸어. 움직
이다가 복사잎이 떨어지는 때는 너는 영 낫지 못하고 만다"고 하셨읍
니다.

누가 그 눈을 깜짝깜짝 몇천 번쯤 깜짝거릴 동안쯤 나는 그 뜨겁고

---

16) 서정주, 『신화』, 15면.

오슬오슬 추운 바위와 하늘 사이에 다붙어 엎드려서 우아랫니를 이어
맞부딪치며 들들들 떨고 있었읍니다. 그래, 그게 뜸할 때쯤 되어 아
버지는 다시 나타나서 홑이불에 나를 둘둘 말아 업고 갔습니다
그래서 나는 다시 고스란히 성하게 산 아이가 되었읍니다.

－「내가 여름 학질에 여러 직 앓아 영 못 쓰게 되면」 17) 전문

이 시는 서정주의 병과 관련되어 있는 기억 중에 미미하나마 아버지
가 놓인 귀한 자리를 제공해준다. '父의 부재의식'으로 점철된 서정주
에게 삶의 안내자요, 위안자요, 치료자는 고스란히 여성의 몫으로 남
는다. 이렇듯 그에게 아버지의 존재가 미미한 것을 보여주는 이 시는
그나마 결핍의 부분을 메꿔주는 어릴 적 기억을 우리에게 제공해 주는
귀한 시다.

이상의 시들은 앞에서 살펴본 기억의 유형 중에 활성화된 기억보다
는 비활성화된 저장기억, 즉 무의도적 기억에 가깝다. 애써 끄집어내
려하지 않아도 자신의 내부에 깊숙이 저장되었다가 흘러나와 시를 이
루는, 소위 정돈되지 않은 기억들인 "무정형의 덩어리"의 형식을 취하
는 시다. 소위 니트함머가 말하는 '잔재'에 해당되는 시라 할 수 있다.
「사내자식 길들이기·1」가 그러하고, 「苗浦 2」가 그러하고, 「제주도
에서」와 「신발」 등의 시가 그러하다.

시 뿐 아니라 모든 문학 작품에는 작가의 의도된 부분과 의도되지
않은 부분이 있다. 전자가 작가의 치밀한 계산에 의해서 쓰여지는 이
성적 측면을 뜻한다면, 후자는 작가 자신도 모르는 부분으로 읽는 독
자에 의해 밝혀지는 무의식의 측면이라 할 수 있다. 이처럼 하나의 텍

---

17) 서정주, 앞의 책, 18면.

스트는 이성과 무의식의 싸움터로, 뭔가 과잉된 부분, 광기, 탕진해야
만 하는 저주받은 부분이 뒹구는 공간이라 할 수 있는데, 서정주의 시
는 이러한 면을 잘 보여준다.

> 일본은 이미 벌써 만주를 송두리째 그들의 손아귀에 넣어
> 만주제국이라는 그들의 괴뢰정권을 세운 지 오래였고,
> 중국의 중화민국 정부도 먼 서쪽 변방으로 쫓아내고,
> 왕조명(汪兆銘)이를 시켜 남경(南京)에 더 큰 괴뢰정부를 세웠으며,
> 싱가포르를 함락하고,
> 필리핀을 입수하고,
> 동남아 전체를 먹어 들어가며
> '대동아 공영권을 세우자'고 우리 겨레에게도
> 강요하고 있어
> (……중략……)
> 좀 구식의 표현으로 하자면——
> '이것은 하늘이 이 겨레에게 주는 팔자다' 하는 것을
> 어떻게 해서라도 익히며 살아가려 했던 것이니
> 여기 적당한 말이려면
> '종천순일파(從天順日派)' 같은 것이 괜찮을 듯하다.
> 이때에 일본식으로 창씨개명까지 하지 않을 수 없었던
> 우리 다수동포 속의 또 다수는
> 아마도 나와 의견이 같으실 듯하다.
> (…… 중략……)
> 일본총독부 지시대로의 글도 좀 썼고,
> 일본군 사령부의 군사훈련 때엔
> 일본 군복으로 싸악 갈아입고
> 종군기자로 끼어 따라다니기도 했던 것이다.
> —「종천순일파?」[18] 중 일부

이 시는 기억 속에서 지워버려야 할, 수치의 기억에 속하는 것이다. 1940년대라는 시대상황에서 볼 때 누가 감히 앞일을 예견할 수 있었겠는가? 이런 상황에서 살기 위해선 죄를 짓는 수밖에 없다. 하늘을 우러러 한 점 부끄러운 죄, 민족 앞에서의 죄, 자신을 범하는 죄, 이것은 「이승만 박사와 함께」19), 「4·19 바람」20), 「5·16 군사 혁명과 나」21), 「광주학생사건—서울, 중앙고등보통학교 제 1학년 때」22), 「사회주의 병」23), 「제 2차년도의 광주학생사건」24)과 같은 시에 잘 나타나 있다. 이런 그의 정치적인 이력은 정권이 바뀔 때마다 권력에 편승하는 모습을 보여왔다. 그러나 본고에서는 시인의 삶과 시대를 시 텍스트에서 고려하지 않는 방법을 취하면서도, 텍스트에 드러나는 기억과 역사의 관계를 기억이라는 관점에서 평가하고자 한다. 이것이 시 속에 기억이 어떻게 녹아 있는가를 보여주는 동시에 본고의 방향이기 때문이다.

또한 이 시는 정치적인 요구와 관련되어 있는 일종의 기능기억에 해당되는 시로, 우리들에게 집단적인 기억을 보여주고 있다. 이런 기억 중에는 망각으로 소멸할 것과 기억으로 복원해야 할 것이 있는데, 이 시는 쓰레기처럼 버려져야 할 기억을 보여준다. 한 문화가 어떤 것을 기억하기 위해서는 반드시 어떤 것을 망각해야 하며 그 망각의 과정에서 쓰레기가 기억이 되고, 기억이 쓰레기가 된다25)는 점을 알 수 있다.

또한 기억의 다른 한편에는 '망각'이라는 얼굴이 있다. 우리가 기억

---

18) 서정주, 『바람』, 122—125면.
19) 앞의 책, 141—144면.
20) 앞의 책, 188—191면.
21) 앞의 책, 192—195면.
22) 앞의 책, 44—47면.
23) 앞의 책, 48—51면.
24) 앞의 책, 52—55면.
25) Aleida Assmann, 앞의 책, 544면.

한 것이나 저장한 것은 그만 망각의 무덤 속으로 가라앉고 만다. 어쩌면 서정주에게 있어서도 이 부분이 망각되어 영원히 감춰져 버린다면 더 나았을런지 모른다. 망각이란 기억 속에 난 구멍[26]이기도 하기 때문이다.

나는 편지도 없이 지내던 사람이라 모르고 지냈지만
그 동안 여러 해 동안 이 손에서 저 손으로 건네다니던
내 처녀시집 『화사집(花蛇集)』의 원고뭉치도
비로소 우리 「시인부락」의 동인이자 남대문약국 주인이었던
무골호인 김상원의 온정을 만나 인쇄에 붙이게 되었고,
이 무렵의 유력한 인기평론가였던 임화(林和)는
어디에선가 내 <행진곡>이라는 시를 들어
딱한 이 나라의 제 1시인은 서정주라고
추켜세워 놓기도 했고 해서
(……중략……)
그 출판기념회가 일류 요정 명월관에서 열리자
회비는 일금 십원야로, 참석자는 아홉 명,
김기림, 임화, 김광균, 오장환, 윤태웅, 김상원 등이 모여
촌놈 나를 극진히는 반기어 주었네.

— 「뜻아니한 인기와 밥」[27] 중 일부

이 시는 서정주의 처녀시집인 『화사집』을 출간하고 나서 출판기념회의 모습을 우리에게 보여주고 있다. 이것이야말로 한국이 자랑할만한 기억이라 할 수 있다. 또한, 시적 기억의 언어적 표현으로는 후기 시

---

26) Harald Weinrich, 21–23면.
27) 서정주, 앞의 책, 107–109면.

의 맹아를 보여주는 '병', '요양소','죄인', '천치', '종', '바람', '문둥이', '동천', '질마재', '신화', '떠돌이', '산시' 등에서 찾아볼 수 있다.

V. 결론 – 서정주 시 새로 읽기

서정주는 살아생전 매일 1,628개의 산을 외우는 일부터 하루를 시작했다는, 그의 기억의 힘이 가진 놀라운 면을 보여주기도 했다. 본고는 이러한 서정주 시의 기억을 규명해 보려는 것인 만큼, 서정주 시에 나타나는 기억을 밝힐 수 있는 근거를 구체적인 시 텍스트를 통해 추구해 보았다. 또한 기억이 그의 작품에서 어떻게 구체화되고 또 그 의미가 무엇인지도 보았다. 아울러 그의 기억이 시작품에서 어떤 역학적 관계에 있는지, 그것이 구체적으로 어떤 시대적 특수성을 지니고 있는지도 중요한 면임을 살펴보았다.

그동안 서정주 시인의 시 연구를 살펴보면 기억 이론이나 문화학을 적용하여 쓴 논문은 국내에서 찾아볼 수 없다. 그러나 이런 이론들은 최근 외국 문학영역에서는 인문학의 위기를 기회로 확대하기 위한 하나의 새로운 대안으로 등장하고 있을 뿐만 아니라 독립적인 학문 영역으로 또는 학제간의 연구로 다루어지고 있다. 예를 들면,『기억의 공간』과『망각의 강 레테』가 번역되면서 점차 문학의 연구 지형도에 영향이 미칠 것으로 보인다. 이러한 이론들의 기본 취지는 기존의 연구가 주로 정전(canon) 중심의 의미를 읽는 해석이 주를 이루었다면 이제는 그동안 주목받지 못했던 시 텍스트들이나 연구의 대상을 찾아내어 새로운 의미 해석을 시도해야 한다는 것이다. 따라서 본 연구는 이러한 이론을 바탕으로 서정주 시인의 시 텍스트를 새롭게 읽는 작업을 시도한 것이다.

오늘날 문학에서 기억의 문제는 여러 영역에서 관심사가 되어 왔다. 하지만 한국 문학에서 기억의 역할이나 그 문제를 상술한 연구는 그리 많지 않다. 그 이유로는 일반적으로 "기억이란 존재하지 않는 것이기 때문"이라는 기억의 기본 속성을 들 수 있으며, 그런 속성으로 인해 시 텍스트나 문학작품에 형상화된 기억에 대한 가치에 의미를 두지 않는 연구 풍토 때문이다. 또한 문학영역 내에서 기억의 문제는 그저 역사나 기억정치 범주로 보아야 한다는 견해가 주류를 이루어 왔기 때문이기도 하다.

본 연구는 한국의 기억 패러다임 내지는 기억 담론으로서, 일제강점기 하의 일본의 역사 왜곡 문제를 학문적으로 비판할 수 있는 이론적 바탕을 제공해 줄 것이다. 특히 친일파 시인들의 업적과 그에 대한 비난을 문학적 기원의 차이에서 평가할 수 있는 이론적 바탕을 제공해줄 것이다. 또한 문학이나 문학교육, 문예학에 있어서 무엇을, 어떻게, 왜 연구하고 기억해야 할지 그 방향을 제시할 것이다.

2부
한국 현대시의 이해

김영랑 초기시에 나타난 순수의 의미

I. 서론

남도의 아름다운 가락으로 나라를 빼앗긴 恨을 정화하여 인간 개아 속에 깃든 비애와 절망을 순수한 정감으로 탄주한 서정시인[1]으로 이 땅에 김영랑을 모르는 이는 아마 없을 것이다.

그런 영랑의 시세계는 대략 세 시기로 고찰돼 왔다. 초기시는 1930 년부터 1935년 『영랑시집』출간(54편)까지, 중기시는 1939년 1월 『조 광』5권 1호에 발표된 「거문고」부터 1940년 8월 『인문평론』11호에 발 표된 「집」까지(14편), 후기시는 1946년 12월 『동아일보』에 「북」이 발 표된 때부터 1950년 6월 『신천지』5권 6호에 발표된 「오월한」까지(18 편)[2] 를 말한다.

본고는 김영랑의 시가 초기시에서는 슬픔과 비애에 젖은 개인적 정 감 뿐만 아니라 그의 개아 이후 시세계가 사회적이고 현실적인 문제로

---

1) 주전이, 『모란이 피기까지는 시인 영랑 김윤식 전기』, 국학자료원, 1997, 7면.
2) 양병호 편저, 『오매 단풍들것네』, 한국문화사, 1997, 232면.

확산되어 있음을 알 수 있으나, 영랑을 대변하고 가장 영랑다운 것이 무엇인가를 물을 때, 김영랑의 초기시에 묻어나는 슬픔과 그 슬픔 속에 어린 '순수'한 점에 초점을 맞추어 논의를 전개하고자 한다. 그것은 그만큼 그의 초기시에 어린 강한 정감이 사람의 심금을 울리는 힘이 있다고 여겨지기 때문이다. 그게 시의 힘이고 나아가 문학의 힘이라고 생각한다.

아울러 본고는 김영랑의 슬픔의 원인은 어디에 기인하며 그 의미는 무엇인지 그리고 거기에 해당하는 시들은 어떤 것들이 있는지를 54편의 초기시 중에서 살펴 보기로 한다.

II. 순수의 원인

한국문학에서 순수문학이란 다른 목적이나 지향을 가진 문학을 불순하다고 보고, 자체의 가치관을 갖고 그에 의거 작품활동을 하여 질적으로 우수한 작품을 생산하는 데만 전념하려는 문학, 한마디로 문학주의에 입각한 문학이라고 할 수 있으며, 목적의식을 가진 문학이나 참여문학의 반대 입장을 취하는 문학이다. 한국현대문학에서 순수문학이 문단의 주류를 이룬 것은 시문학파가 대두하면서부터다.3) 시문학파란 『시문학』을 토대로 이루어진 문학 유파로, 김영랑, 정지용 등이 이에 가담하여 활동하였다.

영랑은 음력 1902년 12월 18일(양력 1903년 1월 16일)에 전라도강진에서 태어나 1916년에 두 살 위인 김해 김씨와 결혼했으나 다음 해

---

3) 조수주, 「한국시사상의 "순수"로네 대하여 ―1930년대를 중심으로」, 청주대석사논문, 1985, 29면.

아내와 사별하는 아픔을 겪는다. 어린 나이에 너무 일찍 죽음을 체험한 영랑의 가슴이 온전할 이 없음은 짐작하고도 남는 일이다. 이 아내와의 사별이 그의 슬픈 서정시의 씨앗이 된다. 이런 영랑을 "불행한 뮤즈에게 끌리어 굳이 입을 봉한 채로 눈과 가슴으로만 사는 神的 狂人"[4] 이라고 했다. 다시 말하자면, 영랑이 인생에서 먼저 만난 관문이 '무덤'이었던 것이다. 그것이 그토록 그의 슬픈 아름다움의 정서의 바탕이 된 것이다.

> 좁은 길ㅅ가에 무덤이 하나
> 이슬에 저지우며 밤을 새인다
> 나는 사라져 저별이 되오리
> 뫼아래 누어서 희미한 별을

—『永郞詩選』(33)[5]

이 시에는 아내가 죽고난 뒤 인생의 허무함을 무덤 앞에서 느끼는 영랑의 마음이 잘 나타나 있다. 누구나 지나다니는 좁은 길가에 무덤이 하나 있고 갓 결혼하여 喪妻한 이가 그 앞에서 밤을 새고 있다. 삶이란 무엇이며, 사는 것은 이렇게 허망한 것인가를 묻지 않을 수 없다. 그런 영랑도 먼저 간 아내 따라 사라지는 저 별이 되고 싶어진다. 그것도 뫼 앞에 누워 스러진 희미한 별이 되고 싶은 강한 열망을 읽을 수 있다.

---

4) 유승우, 「김영랑의 시세계 연구」, 『한국현대시인연구』, 국학자료원, 1998, 106면.
5) 『오매 단풍들것네』, 34면. 金允植의 『永郞 詩選』(정음사, 1956, 33번)을 보면 3부로 나뉘어 있는데, 각 시들을 번호를 붙여 써내려갔다. 총 3부로 나뉘어 있는데, Ⅰ부는 찰란한 슬픔(1~29), Ⅱ부는 四行詩 (30……54), Ⅲ부는 忘却(55−60), 전부 60편으로 되어 있다. 본문 안에 시에는 제목 없이 번호만 붙여져 있고, 뒤에 차례에 가면 번호마다 제목이 붙어 있다. 60편의 시 뒤에는 서정주의 「跋辭」가 있고, 이어서 이헌구의 「「再版」의 序에 代하여」란 글이 씌어져 있다.

그러기에 싸르트르가 말한 탄생 자체가 비극임을 더욱 절감케 한다. 어차피 죽을 인생, 태어남 자체가 비극적인 존재가 아니고 무엇이랴.

> 쓸쓸한 뫼아페 후젓이 안즈면
> 마음은 갈안즌 양금줄가치
> 무덤의 잔듸에 얼골을 부비면
> 넉시는 행맑은 女人像가치
> 산골로 가노라 산골로 가노라
> 무덤이 그리워 산골로 가노라

—「쓸쓸한 뫼아페」(『詩文學』1호, 1930.3)[6]

영랑은 아내의 무덤 앞에 앉아 슬픈 마음을 무덤의 잔듸에 얼굴을 비비며 달래려고 한다. 그러나 잊을 수 없는 얼굴을, 더욱 그리운 그 얼굴로 인하여 산골로 간다고 되풀이한다. 이것은 그만큼 그의 마음이 아프다는 증거이고, 그의 생의 피눈물나는 첫 아픔이기도 하다. 한번 간 아내는 있을 리 만무하고 무덤앞에 있어본들 잔해 뿐인데, 그 잔해는 영랑의 가슴을 파고들어 나이어린 그의 가슴을 찢어놓기에 충분한 것이었다. 그러기에 그의 시는 순수할 수밖에 없는 것이며 따라서 그의 슬픔과 비애도 클 수밖에 없었던 것이다. 이 喪妻체험이 영랑이 맛본 죽음의식까지도 순수할 수밖에 없었던 참된 이유이기도 하다.

> 못오실 님이 그리웁기로
> 흐터진 꼿닙이 슬프렛든가
> 빈손 지고 오신봄이 거저나 가시련만

---

6)『오매 단풍들것네』, 34면.

흘러가는 눈물이면 님의마음 저지련만

─『詩文學』2호, 1930.5[7]

소년 영랑은 상처하자 비로소 애정을 깨달았던 것이요 댓자 곳자 실연한 셈이 되었으니이 印度的 풍습으로서 온 비극으로 인하야 그는 인생에서 먼저 만난 관문이 '무덤'이었던 것 이다.[8]

한번 간 아내는 돌아오지 않는다. 아내는 무덤 속에서 침묵할 뿐이다. 그러기에 못 오실 님은 더욱 그리울 수밖에 없다. 사별한 아내로 인한 저릿저릿한 마음은 흩어진 꽃잎으로 슬픔에 젖어 있다. 봄은 빈 손으로 와서 빈 손으로 간다. 그것은 우리네 인생, 空手來空手去를 뜻한다. 흘러가는 눈물이 아내의 마음을 적셔 다시 돌아오게 할 수만 있다면 그 얼마나 좋을까? 이토록 영랑의 마음은 고정되어 있는 게 아니라 시간의 흐름에 따라 그 슬픔도 커져가고 그의 눈물도 투명해져감을 느끼게 된다. 그것은 그의 아호와도 연결된다.

영랑이란 호는 그의 매제인 김창식 증언에 의하면, 영랑이 일본 청산학원 시절 박용철과 만난 뒤 금강산 만이천봉 중 제일봉인 永郎峰과 강원도 고성군 永郎湖水가 좋아 윤식의 아호로 사용[9] 하게 되었다고 한다. 그것은 그의 높고 맑은 심성을 이름에 반영하는 증거이기도 하다.

내마음의 어딘 듯 한편에 업는 강물이 흐르네
도처오르는 아츰날빗이질한 은결을 도도내

---

7) 『오매 단풍들것네』, 43면.
8) 정지용, 「영랑과 그의 시」, 『정지용전집 2 · 산문』, 민음사, 1994, 256면.
9) 『오매 단풍들것네』, 54면.

가슴엔듯 눈엔듯 피ㅅ줄엔듯
마음이 도른도른 숨어잇는곳
내마음의 어딘듯 한편에 없는 강물이 흐르네

　　　　　　—「동백닙에빗나는마음」(『詩文學』1호, 1930.3)[10]

　이제 영랑의 마음은 슬픔과 탄식과 비애가 강물이 되어 흐른다. 그
강물 위에 쏟아져 퍼져나가는 아침햇살같이 강물은 은물결을 이루며
흘러 흘러간다. 그걸 바라보는 영랑의 가슴이 어떻겠는가? 그 가슴엔,
그 눈엔, 그 핏줄엔 아내의 숨결이, 아내의 입김이, 아내의살결이 도른
도른 숨어 있고 그런 영랑의 마음의 한편에선 끝없는 강물이 흐르고
흘러 잘도 흘러가기만 한다. 이런 애타는 심정을 달래보려고 영랑은
그의 뒤뜰에다가 동백나무와 대나무를 심어 그런 마음을 시에 담은 것
이다.

　이 시는 영랑 시의 출발지점을 상징적으로 보여준다.[11] 강물의 흐름
이 시간과 의식의 흐름이라고 할 때, 영랑의 지각적 감성이 시간 원리
위에서 움직이고 있기 때문이다. 이런 눈물, 슬픔, 애닳음, 서러움 등의
비애의식과 상실감은 '사라진 님', '상실한 고향'으로 나타난다. 따라
서 님이 없는 부정적 현재에서 이런 과거에의 지향은 김영랑 시에 안
개 같은 비애의식을 감돌게 하는 원인이 되고 있다. 이런 '무상한 마
음'을 나타내주는 눈물과 사랑, 서러움의 세계는, 즉 '애잔함과 서러
움'의 공간[12]이기도 하다.

---

10) 앞의 책, 19면.
11) 김영석,「실향의식과 시간의 단절—김영랑론」,『한국 현대시의 논리』, 삼경문화
　　사, 1999, 338면.
12) 홍희표,『꿈의 정직함과 시의 넉넉함』, 세종문화사, 1994, 29면.

男唱으론 林방울의 소리를 좋다 하고, 女唱으론 李花中仙과 그 아우 李中仙의 소리를 좋다 고 소개하면서, 특히 李中仙의 소리엔 '燭氣'가 있어 더 좋다고 했다. '燭氣'라는 것은 무엇인가 물으니 그것은 같은 슬픔을 노래부르면서도 그 슬픔을 딱 한데 떨어뜨리지 않는 싱그러운 음색의 기름지고 생생한 기운을 말하는 것이라 했다. '燭氣'라는 것은 바로 영랑 자신의 시의 특질이기도 하다는 것을 나는 이때 깨달았다. 이런— 영랑의 말씀에 의하면 '燭氣'라는 것은 오랫동안의 우리 민족의 역경살이 속에서 우리의 시정신들이 많이 지나치게 설움에 짓눌려 있었던 것들을 생각하고 반성해 볼 때 역경살이 속에서도 참으로 귀하고 힘센 보화라고 생각했다. 민족 정서가 두루이 '燭氣'를 잃어버리고 만다면 어찌하는가?[13]

서정주는 「동백닙에 빛나는 마음」에 흐르는 "칠칠한 촉기야말로 영랑 시정신의 가장 중요한 특질"[14]이라고 했다. 그 마음에 흥건히 젖어 흐르는 강물, 이것은 바로 정감의 세계이며, 영랑시의 서정성은 이 마음에서 비롯된다는 것이다. 또한 영랑 시에서는 그의 슬픔이 현실적 맥락으로부터 이탈하여 분위기화되는 것을 감각의 황홀을 추구하기 위한 예술적 원리로서의 심미적 전환을 통해 '燭氣'를 나타낸다. 이 '燭氣'는 이미 전라도 지방에 유포되고 있는 '육자배기'를 위시한 우리 고유 민요 속에 면면히 흐르고 있는 정조임은 앞에서 살펴 보았다.

그렇다면 이런 촉기의 기운은 어디에서 나오는가? 이는 전통적 동양정신 속에서 배태된 것으로, 섬세하면서도 영롱한 정서가 영랑의 회고적 취미에 영합되어 한국적 풍류정신을 형성해주고 있다.[15] 이것이 유미적인 것에 대한 영랑 특유의 비애미다.

13) 서정주, 「작고문인회고<상> —영랑의 일」, 『현대문학』, 1962.12, 228—230면.
14) 김학동 편저, 『한국현대시인연구③ 김영랑』, 문학세계사, 2000, 192면.
15) 홍희표, 앞의 책, 35면.

그런데 또한 김영랑은 1919년 기미독립운동이 일어나자 강진에 돌아와 학생운동을 모의하다가 일본 경찰에 체포되어 대구형무소에 수감된 적이 있다. 喪妻체험이라는 개인적 아픔 위에 국권상실이라는 사회적 고통의 체험이야말로 영랑으로 하여금 비관적 세계인식을 형성하는 계기를 마련해 준다. 이것이 그의 시세계를 순수의 세계로 몰아가는 주된 원인이 된다. 그의 이런 순수는 '내 마음'의 세계에 바탕을 두고 있으며 흐르는 것이라는 유동성을 지니기도 한다. 그의 시어 중에 가장 많이 등장하는 것도 이 마음이 아닌가 한다.

> 창랑에 잠방거리는 섬들을길러
> 그대는 탈도업시 태연스럽다
>
> 마음을 휩쓸고 목숨 아서간
> 간밤 풍랑도 가소롭구나
> 아츰날빛에 돗 노피 달고
> 청산아 봐란듯 떠나가는 배
>
> 바람은 차고 물결은 치고
> 그대는 호령도 하실만하다
>
> —「40」(『永郎詩集』, 1935.11)[16]

이 시는 당시의 사회상황을 자연에 빗대어 표현한 것이다. "마을을 휩쓸고 목숨 아서간 간밤 풍랑"을 당시 국권상실의 시대에 비춰 보면 그 의미를 더욱 두드러지게 파악할 수 있다. 모든 것을 휩쓸고 지나간

---

16)『오매 단풍들것네』, 81면.

풍랑같이 시대는 어둡기만 하다. 곧이어 1939년에는 국민징용령이 공포(1939.7.8)되고 興亞 奉公日이 '애국일'로 제정(8.11)되었으며, 친일 문학단체인 '조선문인협회'가 결성(10.29)되고, 창씨개명이 공포(11.10)되기에 이른다. 이 시에서 "바람은 차고 물결을 치"는 상황 속에서도 "떠나가는 배"를 향해 "그대"가 호령하는 모습을 상기시킨다면 영랑의 마음을 이해하고도 남을 만하다. 시대는 암울하고 어두워도 그 안에 한 순수한 열정아가 있다는 것은 불행 중 다행인지 모른다.

> 바람따라 가지오고 머러지는 물소리
> 아조 바람가치 쉬는적도 잇섯스면
> 흐름도 가득찰랑 흐르다가
> 더러는 그림가치 머물럿다 흘러보지
> 밤도 山골 쓸쓸하이 이한밤 쉬여가지
> 어느뉘 꿈에든셈 소리업든 못할소냐
> 힌구름 발아래 피어나는 八上潭
> 玉皇의 오래서름 사모친 꿈이라니
> 새벽 잠ㅅ 결에 언듯 들리여
> 내 무건머리 선 듯 싯기우느니
> 黃金소반에 구슬이 굴럿다
> 오 그립고 향미론소리야
> 물아 거기좀 멈췃스라 나는그윽히
> 저창공의 銀河萬年을 헤아려보노니

—「시내ㅅ물소리」(『詩文學』3호,1931.10)[17]

"물아 거기좀 멈췃스라"라는 구절에서 보듯 멈추고 싶은 '순간'은

_____
17)『오매 단풍들것네』, 60면.

현실의 삶을 초월한 예외적인 순간이다. 이런 탐미적 순간이란 경험적 현실을 부정하는데, '순간'은 삶의 세계와 시간적 지속을 초월한 상태의 예외적인 순간이요, 이 순간 속에서 얻어진 아름다운, 현실적 경험적 삶을 제거한 순간이다. 그렇기에 영랑은 당시의 현실의 무거움을 배제하고 싶은데, "저창공의 銀河萬年을 헤아려보"는 것으로 자신의 슬픔과 비애를 다스리는 나날을 보내는 것이다. 그만큼 그 시대현실의 무게가 컸기 때문이다.

> 너 아니울어도 이세상 서럽고 쓰린것을
> 이른봄 수풀이 초록빛드러 물냄새 그윽하고
> 가는 대닢에 초생달 매달려 애틋한 밝은어둠을
> 너 몹시 안타가워 포실거리며 훗훗 목메엿느니
> 아니울고는 하마 죽어업스리 오! 不幸의녁시여
> 우거진 진달래 와직지우는 이三更의 네 우름
> 희미한 줄山이 살풋 물러서고
> 조고만 시골이 홍청 깨여진다(杜鵑)

—「52」의 4연(『永郞詩集』, 1935.11)[18]

영랑은 이 시에서 자신의 시대상황을 하루 중 가장 깊은 어둠인 "三更"에 비유하고 있다. 시대가 암울했기에 "不幸의 넋"으로 울 수밖에 없다. 그것도 "우거진 진달내 와직지우는" 두견의 울음으로 말이다. "평생을 원한과 슬픔에 지친 적은새"가 두견이다. 이런 시대가 언제 끝날지 예견하고도 힘든 시대를 사는 양심적인 지식인은 피를 토하는 슬픔에 젖어들 수밖에 없다. 그것은 다름 아닌 "저승의 노래"를 부르

---

18) 앞의 책, 90−91면.

는 것이다. 그 "비탄의 넋", "恨된우름"은 급기야 "죽엄"을 부르기에
이른다. 시대가 주는 무거움을 죽음과 맞바꾸고 싶은 것이다. 그러나
그런 죽음도 쉽게 찾아와 주지 않는 것이기에 슬픔은 극에 달한다.

영랑이 인생에서 먼저 만난 관문이 '무덤'이라고 했을 때, 그 무덤은
喪妻체험과 결부시켜 설명했으나 이를 국권상실과 연결시켜 논한다
면 나라를 잃은 상황하의 조선의 현실을 '무덤'으로 읽을 수 있다. 눈
을 뜨고 보는 곳마다 시인의 눈에 폐허로 보임은 상상하고도 남는 일
이다. 그러므로 여기서 '무덤'의 의미는 이중의 의미로 읽을 수 있다.
아내를 잃은 시기가 국권상실의 시대이기에 그의 개인적인 울분과 시
대고까지 겹쳐 그의 슬픔과 비애는 크게 작용하여 그의 절절하고도 아
름다운 순수시를 낳았다고 할 수 있다.

III. 순수의 의미

영랑의 시에 나타난 '눈물'은 티없이 맑은 마음 속을 흐르는 강물과
도 같은 것이다. 그의 '슬픔'과 '눈물'이 감성의 차원에 있으면서도 영
탄이나 감상에 기울지 않고 있음은 '燭氣'에 의해서 극복하고 나오기
때문이다. 다시 말해 영랑의 시에 나타난 '슬픔'이나 '눈물'은 겉으로
흐르지 않고 마음 속으로 젖어 들어 홍건히 흐르는 강물과도 같은 것
이며 이를 정지용은 '精金美玉의 순수'[19]라 일컬었다.

> 모란이 피기까지는
> 나는 아즉 나의봄을 기들니고 잇슬테요

---

19) 김학동 편저, 「정감적 究竟과 자아의 확충」, 앞의 책, 199면.

모란이 뚝뚝 떠러져버린날
나는 비로소 봄을 여흰서름에 잠길테요
五月어느날 그하로무덥든날
떠러져누운 꼿닢마져 시드러버리고는
모란은 자최도없어지고
뻐쳐오르든 내보람 서운케 문허젓느니
모란이 지고말면그뿐 내 한해는 다가고말아
하냥 섭섭해 우옵내다
모란이 피기까지는
나는 아즉 기들니고 잇슬테요 찰란한슬픔의봄을

—「모란이 피기까지는」(『文學』2호, 1934.2)[20]

　이 시는 영랑의 슬픔을 잘 드러낸 것으로, 그리움과 기다림의 미학을 여성적 비애로 그리고 있는 영랑 시의 절정의 작품이다. 영랑은 "미란 우리의 가슴에 저릿저릿한 기쁨을 일으키는 것(A thing of beauty is a joy forever)"이라는 키츠(J. Keats)의 말을 음미하면서 사라져가는 우리의 고유어를 발굴하고 향토어인 전라 방언을 널리 사용하여 시어의 미적 구조성에 대한 재발견을 보여주었다. "달빛으로 눈물을 말릴가 보다."란 영랑의 말은 그의 시세계를 대변하고도 남는다.

　　「모란이 피기까지는」 여기에 넘쳐 흐르는 그것은 슬픔을 그에게 '찬란한' 것으로서 이 시 속에서 풍윤한 그의 '燭氣'의 맥박들이 여전히 건재해 있는 것이다. 어느 혹독한 가뭄, 어느 혹독한 충란, 어느 혹독한 중앙의 역경에 놓여서도 민족정서의 청순한 한 샘을 고갈시키지 않을 만큼 센 힘을 가졌던 그는 사실은 희세의 시의 장사인 것이다. [21]

---

20) 『오매 단풍들것네』, 68면.

모란의 개화와 낙화라는 모순성과 숙명성은 비극미를 더한다. 또한 지나간 봄과 다시 올 봄에 대한 기다림이라는 모순의 진실은 '봄'이 지 닌 존재론적 역설을 보여준다. 이 존재론적 역설이야말로 훌륭한 시를 이루는 토대의 하나가 된다.(Philip Weelwright)22)

> 영랑은 마침내 찬란한 비애와 황홀한 적막의 면류관을 으리으리하 게 쓰고 詩道에 昇堂入室한 것이니 그의 조선어의 운용과 수사에 있어 서는 기술적으로도 완벽임에 틀림없다.23)

이와 아울러 생각해 볼 만한 것이 있다. 영랑의 가슴에 찬 독은 독한 마음, 세상이 어떻게 변해도 육신이 죽는 한이 있더라도 변할 수 없는 독한 마음, 그것은 곧 국가와 자신에 대한 충절과 지조로 나타나는데 이것이 곧 영랑과 영랑 시의 순수의 의미이다. 그러기에 영랑은 "끝까 지 지조를 지키며 또 한 편의 친일문장도 남기지 않는 영광된 작가"로 서, 그의 삶과 그의 시 어느 쪽도 친일훼절의 흔적을 보이지 않는다. 그 의 순수는 그만큼 순수한 것으로 그의 슬픔과 비애의 정조가 헛되지 않음을 보여준다. 모란이 떨어져 눕자 "三百예순날 하냥 섭섭해 우웁 내다."란 싯구가 단순히 다음의 "찰난한슬픔의 봄"을 낳은 것만은 아 닌 것이다. 기다리는 봄 속에 내포된 숙명적인 비극성은 우리를 슬픔 의 길로 인도하지만 그 순수의 의미는 더 찬란히 빛나는 것임을 알 수 있다.

그런데 영랑 시의 그 순수 · 유미가 원래 실제 삶의 세계로부터의

---

21) 서정주, 앞의 글, 230면.
22) 오세영, 「모란이 피기까지는」, 『한국현대시 분석적 읽기』, 고려대학교출판부, 1988, 180면.
23) 정지용, 앞의 글, 264면.

'도피' 혹은 '소외'의 형태를 취한다는 주장을 편 이[24]가 있다. 언어에서 의미를 제거하면 남는 것은 음악적 요소인데, 이 소리로써 인간의 영혼을 전율케 하는 것이 순수시의 방법이라는 것이다. 이처럼 영랑의 순수주의는 일제의 분리주의에 순응한 것으로 보기보다는 일제에 동화되지 않으려는 것[25]이다. 또한 영랑 시가 삶의 어두운 그늘과 고통스러운 내부를 노래하고 있는 것처럼 보이지만 경험적 현실의 역동성을 제거하고 그것을 다만 심미적 일락의 재료로 추상한 것[26]이라는 맥락도 이와 같은 맥락으로 보인다.

필자는 영랑의 초기시는 '내 마음'의 순수 서정을 상실감으로 인한 슬픔과 비애를 노래하였다고 보았다. 여기에서 상실감이란 喪妻체험과 국권상실체험임을 이미 앞에서 언급하였다. 이로 인해 나타나는 양상은 두 가지로 나누어진다고 볼 수 있다. 한편으로는 허무와 좌절로 그 비극미를 더해가는가 하면, 다른 한편으로는 여성적인 기다림과 그리움의 자세로 발전해 나간다는 것이다. 식민지라는 시대적 강압이나 암울함 속에서 모란이 필 것을 믿으며 "모란이 피기까지" 인고하며 기다리는 것은 참으로 눈물겨운 모습이라 아니할 수 없다.

IV. 결론

김영랑이 식민지 시대에 '燭氣'로써 민족 정서를 지키려 했고 이런 시적 태도가 그대로 역사적 의의를 지니고 있음을 앞에서 살펴 보았다.

---

24) 김준오, 「비가적 세계와 순수자아-김영랑」, 『가면의 해석학』, 이우출판사, 1987, 103면.
25) 앞의글, 115면.
26) 김흥규, 「영랑의 시와 세계인식」, 『세계의 문학』, 1977년 가을호, 231면.

그의 시에는 슬픈 것이건 기쁜 것이건 간에 두루 촉기가 있다. 이것 때문에 슬픔도 그의 슬픔은 암담하지 않고 일종의 싱싱함을 지닌다.그리고, 이 촉기야말로 어떤 큰 가뭄에도 말라 비틀어지지 않고 살아온 우리 민족 정신의 가장 큰 힘이라는 것에 영향이 미치자, 영랑 그는 꽤나 든든한 시인인 것도 느끼어졌다. [27]

영랑의 시에서는 그가 가져야 할 기질을 상실하지 않고 있는 것이다.…… 그래서, 그는 본연의 당연한 감사와 기질을, 이런 나라 잃은 외적 환경에서 많은 위협과 不如意를 받으면서도 이지러지지 않고 꿋꿋이 유지하고 있었던 시인이라는 것을 알 때, 대단히 큰 시인이었다 는 것을 알 수가 있는 것이다.[28]

친일문장을 한 편도 쓰지 않는 윤식의 장엄하고 대나무 같은 곧은 선비의 생명은 죽음에 내한 본능이나 삶에 대한 본능을 넘어서 신비의 계절이 아무리 찾아와도 지는 은행잎처럼 죽고 싶은 심정을 이겨내고 한국 땅의 남쪽 끝에서 봄의 담장을 남몰래 쌓아가며 한국시의 가능성을 한국의 대평원에 개방해버린 셈이다.[29]

앞의 평가에서 보듯 김영랑은 친일 문장을 한 편도 남기지 않은 순수시인이다. 그의 삶과 시에서 그러하다. 그러기에 그의 시 한 편 한 편이 우리에게 소중함은 더할 나위 없다. "우리는 詩를 살로 새기고 피로 쓰듯 쓰고야 만다. 우리의 시는 우리 살과 피의 맺힘이다. (『詩文學』창간호 후기)는 구절에서 뿐만 아니라 영랑의 시 한 구절 구절이 비극미를 더해 우리의 살과 피에 맺혀옴은 그의 아름다운 순수의 시정신에 기인한다.

27) 서정주, 「김영랑과 박용철」, 『육자배기 가락에 타는 진달래』, 예전사, 1985, 219면.
28) 서정주, 「김영랑과 그의 시」, 『한국의 현대시』, 일지사, 1982, 178-180면.
29) 주전이, 앞의 책, 258면.

▓ 2장 ▓ 이상 시 해석의 한 시도

I. 서론

모더니즘은 프랑스의 다다이즘과 초현실주의, 독일의 표현주의, 영미의 이미지즘, 미래파, 큐비즘, 구성파 등의 총칭으로써 1910년대에 자본주의 성립 이후 거기에서 일어나는 현상들을 예술로 표현한 것을 말한다. 이런 모더니즘의 특징은 ① 미학적 자의식 또는 자기반영성, ② 동시성·병치 또는 몽타쥬, ③ 파라독스·모호성·불확실성, ④ 비인간화와 통합적인 개인의 주체 또는 개성의 붕괴[1]로 규정되고 있다.

이에 따르면 이상은 '자아의 반란'에 의거해 인간의 해체되는 과정을 여실히 드러내주고 있다. 이는 물론 이상의 삶에서 그 근거를 찾아볼 수 있겠고, 또한 그것을 바탕으로 한 그의 글에서도 여지없이 드러나고 있다. 그렇다면 이상 시와 큐비즘 관계는 어떠하며, 이로 인해 이

---

1) 유진 런, 『마르크시즘과 모더니즘』, 김병익 역, 문학과 지성사, 1986, 46—50면.
   서준섭, 『한국모더니즘 문학 연구]』, 일지사, 1988, 10면에서 재인용.

상에게 있어서의 분열의식은 어디에서 비롯되었고, 그러한 글은 어떤
의미를 지니는지를 살펴 보기로 한다.

II. 이상 시와 큐비즘과의 관계

이상은 90년대 한국시문학사에서 해체시인, 자의식 과잉의 작가, 실
험적인 심리의 소유자, 천재, 귀재 등 많은 문제점을 띤 작가로 논의의
대상이 되어 왔다. 이렇듯 여러 학자들의 논의가 이상 시를 다채롭게
만들면서 문학 이해에 기여한 것도 사실이다.

주지하다시피 이상은 부 김연창과 모 박세창의 장남으로 태어났다.
이어 1912년에 부모를 떠나 백부 김연필 집에서 장손으로 성장했다는
사실은 우리에게 많은 점을 시사해준다. 백부와 생부 어느 누구에게도
정신적으로 기댈 수 없는 상황은 '父의 부재'로 치닫게 된다. 백부와
생부 사이에서 오는 분열의식은 정신적인 고향의 상실을 의미한다. 즉
아버지가 둘 있다는 것은 진정한 아버지가 한 분도 없다는 것이나 다
름 없기 때문이다.

> 우리 어머니도 우리 아버지도 다 얽으셨읍니다. 그분들은 다 마음이
> 착하십니다. 우리 아버지는 손톱이 일곱밖에 없습니다. 宮內府 活版所
> 에 다니실 적에 손가락 셋을 두번에 잘리우셨읍니다. 우리 어머니는 생
> 일도 이름도 모르십니다. 맨처음부터 친정이 없는 까닭입니다. 그러나
> 우리 아버지는 장모 있는 사람을 부러워하시지는 않으십니다.

> —「슬픈 이야기」중에서[2]

---

2) 김윤식 엮음, 『이상문학전집 3』(수필), 문학사상사, 1995, 65면.

백부는 아이 하나 딸린 김영숙과 결혼했으나 슬하에 자식이 없었다. 하여 백부의 사랑은 김해경에게 쏟아지고 세 살 때에는 해경이 통인동 본가로 들어가 백부 밑에서 자라게 된다. 백부의 집에 있는 딸은 백부와는 상관이 없는 소생일 뿐임으로 해경은 백부의 큰 아들 겸 가문의 종손이라는 막중한 기대와 억압 속에서 유년을 보내게 된다.

> 젖 떨어져서 나갔다가 二十三年만에 돌아와 보았더니 如前히 가난하게들 사십디다. 어머니는 내 다님과 허리띠를 접어 주셨읍니다. 아버지는 내 모자와 洋服저고리를 걸기 위한 못을 박으셨읍니다. 동생도 다 자랐고 막내누이도 새악시꼴이 단단히 백였읍니다. 그렇건만 나는 돈을 벌 줄을 모릅니다. 어떻게 하면 돈을 버나요 못 법니다 못 법니다.[3]

이처럼 두 부모를 가졌다는 데서 이상의 근원적 슬픔은 출발한다. 두 부모를 가졌다는 것은 그의 의식에 상당한 분열의식이 내포되어 있음을 시사해준다. 또한 어떻게 보면 두 부모를 가졌다는 것은 하나도 올바른 것을 가지지 않은 것으로도 볼 수 있다. 그리하여 23년이 흐른 뒤, 그는 친부모를 바라볼 때에 한없는 연민을 느끼지 않을 수 없었던 것이다.

이런 관점에서 이상의 시와 큐비즘과의 관계는 어떠하며 그런 점에 입각한 시는 어떤 시가 있는지 알아보고자 하는 게 본고의 목표이다.

이상은 어렸을 때부터 미술에 상당한 재능을 나타냈고, 또 곱추 화가와 친분을 맺고 있었다. 그런데 이상이 태어나기 전 1907년 경에 피카소와 브라크는 큐비즘을 창조했다. 이것은 이전의 고전적이고 전통적인 회화기법을 단절시키면서 전 세계에 확산되었다. 피카소의 「아

---

3) 앞의 책, 63면.

비농의 처녀들」에 나타나는 다시점 방식은 모더니즘과의 연관을 맺고 있다. 이는 이전의 사실주의와 자연주의를 배격하고 개인 정신의 자유를 존중하는 기풍을 중요시한 데서 알 수 있다. 큐비즘은 화가들에게 무한한 자유와 형식의 구속을 깨뜨리면서 전 세계 뿐만 아니라 이상의 친구 구본웅에게도 영향을 주었다.

큐비즘(Cubism)은 3차원의 물체를 2차원의 평명인 화면에 표현한 것이다.「아비뇽의 처녀들」에 나타나 있는 여자의 얼굴을 보면, 옆에서 본 코의 모양에 정면에서 바라본 두 눈을 합체시킴으로써 다시점 방식을 구현하고 있다. 사물의 보이는 면과 보이지 아니하는 면을 하나의 화면에 표현한 새로운 회화방식은 구본웅이나 이상에게 흥미로운 대상이었던 것이다. 더욱이 이상에게 있어서 자아가 분열된 자신을 표현하는 데는 큐비즘이 상당한 출구를 열어준 것이다.

「거울」이라는 시에서는 거울 밖의 나 곧 현실계와 거울 속의 나 곧 무의식계의 나가 서로를 바라보고 있다. 이렇게 이상은 보이는 자아와 보이지 않는 자아를 한 편의 시에 표현하고 있다.「烏瞰圖 詩第一號」에서 13인의 아해 중 무서운 아해와 무서워하는 아해가 동일인이어도 된다는 시각에서도 두 시점 사이의 긴밀한 관계를 볼 수 있다.

큐비즘은 원래 세잔느가 자연은 원추, 원통, 球체로 이루어져 있다는 데서 시작되었다. 이런 큐비즘은 시점의 다원화 내지는 다면화, 사물의 분석과 종합 등의 과정을 통해서 기하학적 도식, 즉 기호학적 추상주의를 목표로 한다.「이상한 가역반응」,「詩第5號」,「내과」등의 시에서 그런 예를 찾아볼 수 있다.

꽃이보이지않는다꽃이좁기롭다.香氣가滿開한다.나는거기墓穴을판다.墓穴도보이지않는다.보이지않는墓穴속에나는들어않는다.나는눕는

다.또꽃이香氣롭다.꽃은보이지않는다.香氣가滿開한다.나는잊어버리
고再차거기墓穴을판다.墓穴은보이지않는다.보이지않는墓穴로나는꽃
을깜박잊어버리고들어간다.나는정말눕는다.아아,꽃이또香기롭다.보
이지도않는꽃이―보이지도않는꽃이

―「절벽」[4]전문

이 시에서는 보이지 않는 묘혈 속에서 나를 바라보는 시점을 택하고
있다. 보이지도 않는 꽃이 향기롭고, 나는 "墓穴"을 판다. 그 묘혈 속에
서 나를 보게 된다. 이는 죽음의식을 드러내고 있다. 의식의 끝은 죽음
이고, 정신의 절벽인 것이다. 그런데 그런 "墓穴"도 보이지 않는다. 그
러면서 그 속에 드러눕는 행위는 무엇일까? 그 드러누운 자리에서 꽃
과 향기라는 시각과 후각이 동시에 드러나고 끝에서는 향기의 시각화
현상을 보여주기까지 한다. 죽음의식의 끝은 그렇게 아름다운 것일까?

그렇다면 그는 왜 이렇게 죽음을 노래한 것일까? 근대의 물결 속에
서 상실된 자아는 벌써 자신의 끝을 봐버린 것은 아닐까? 문학의 공간
은 상실감에서부터 비롯된다. 낙원도 한번 잃어버렸을 때, 복락원을
꿈꾼다. 이처럼 상실감에서 비롯된 이상의 자아분열을 표현하는 데는
입체주의의 다시점 방식이 상당히 영향을 준 것이다.

III. 이상 시에 나타난 분열의식

이상 시에 나타난 두드러진 현상은 무엇보다도 분열의식이다. 분열
의식이란 정신과 육체의 단일한 합일체로 인식되어 자아가 그 단일성

---

4) 이승훈 엮음,『李箱문학전집 1』(시), 문학사상사, 1996, 80면.

을 상실하고 두 개 이상의 자아로 분열, 대립됨을 의미한다. 이러한 정신과 의식 세계의 분리 경험은 띄어쓰기, 한자어와 외래어, 기호 같은 것의 사용을 통한 문법의 파괴를 초래하는데, 이는 정신적 불안감 또는 父의 부재에서 오는 정서적 상태의 노출, 즉 분리된 상태가 아니라 결합된 상태로 표현하고자 하는 욕망을 의미한다. 이런 점에서 이상은 현실의 좌절과 고통을 파괴의 시어를 통해 벗어나려는 의식을 가진 시인이다. 그는 띄어쓰기를 무시하고 또 문법을 파괴함으로써 현실을 벗어나려는 강한 의지를 내보이고 있다.

그렇다면 이상의 정신 세계를 살펴 보기로 한다.

첫째, 백부와 생부와의 분리에 의거한 정신적인 고아, 그로 인한 분열의식에 있다. 이는 정신분석학에서 얘기되어지는 첫 外傷, 즉 트라우마(trauma)로써 공포감을 갖게 되는 것이기도 하다. 이상의 비극은 여기에서 싹텄다고 볼 수 있다. 그는 자신의 아버지를 '조상'이라고 보았을 때, 정신적 고아인 그가 아버지의 역할, 선조의 역할까지 해야 하는 부당의 공포도 느낀다. 그리하여 그는 문벌과 가문의 중요성을 내세우는 조부와 백부의 조선적 유교 윤리에 갇히게 된다. 후에 이상은 「문벌」이란 시에서 조상들에 대한 증오를 털어놓는다.

> 墳塚에계신白骨까지가내게血淸의原價償還을强請하고있다.천하에
> 달이밝아서나는오들오들떨면서到處에서들킨다.당신의印鑑이이미失
> 效된지오랜줄은꿈에도생각하지않으시나요—하고나는의젓이대꾸를
> 해야겠는데나는이렇게싫은決算의函數를내몸에지닌내圖章처럼쉽사리
> 끌러버릴수가참없다.

—「문벌」전문5)

이 시에서도 앞의 시와 마찬가지로 죽음을 나타내는 단어가 나온다. "墳塚"은 무덤을 의미하고, "墳塚에게신白骨"은 무덤에 있는 조상을 뜻한다. 그 조상이 "내게血淸의原價償還을强請하고있다."는 것은 '나'를 탄생시킬 때 든 값을 '나' 더러 대신 갚으라[6]는 것이다. 이는 조상의 굴레에서 벗어날 수 없는 심리세계를 노래한 것이다. 즉 이 시는 그의 '나'와 '아버지', 나아가 '나'와 '조상'의 관계를 노래하고 있다. 이것은 '나'가 '나'와 '조상'의 역할을 동시에 할 수밖에 없는 삶에 대한 비판을 그리고 있는 「烏瞰圖 詩第二號」와도 같은 맥락에 놓여 있다.

또한 '父의 상실'을 '국가의 상실'로 본다면 그는 일종의 식민지 지식인으로서의 비애를 일찍 겪었다고 보 수 있다. 이런 가정배경과 시대적 배경 속에서 ㄱ의 분열의식은 싹튼 것이다.

둘째, 이상의 분열의식은 19세기와 20세기의 틈바구니에서 오는 공포라 할 수 있다. 이는 근대의 힘이 몰려드는 가운데 그 전 세계와의 부조화에서 오는 것이다. 즉 19세기의 봉건성과 20세기의 현대성 사이에서의 갈등이라 할 수 있다.

> 事實 나는 요새 그따위 詩밖에 써지지 않는구려. 차라리 그래서 徹底히 소설을 쓸 決心이 오. 암만 해도 나는 十九世紀와 二十世紀틈바구니에 끼여 卒倒하려 드는 無賴漢인 모양이오. 完全히 二十世紀 사람이 되기에는 내 血管에는 너무나 많은 十九世紀의 嚴肅한 道德性의 피가 威脅하듯이 흐르고 있소그려.

― 「私信(七)」[7] 중 일부

---

5) 앞의 책, 83면.
6) 앞의 책, 83면.

아무리 앞서가는 사상의 소유자라 할지라도 물밀듯이 밀려드는 근대의 충격 속에서 근대의 정체를 파악하여 그에 대응하기란 쉬운 일이 아니었을 것이다. 시대를 앞서가는 이상도 19세기와 20세기의 틈바구니에서 절름거리는 면을 우리에게 보여주고 있다. 겉으로는 20세기를 따라가는 듯 하지만 마음 속으로는 19세기의 정조를 지키려는 면, 즉 19세기의 전근대적 의식을 가진 그가 20세기의 근대화와 가치 변동 사이에서 많은 공포를 여실히 드러내고 있다. 「烏瞰圖 詩第一號」에서는 13인의 아해로 자신을 대변한다. '13인의 아해'는 '현대'라는 골목에서 갈 곳 없이 무서워하는 이상 자신의 분열된 자아를 뜻한다.

　　나의아버지가나의곁에서조을적에나는나의아버지가되고또나는나의아버지가되고그런데도나의아버지는나의아버지대로나의아버지인데어쩌자고나는자꾸나의아버지의아버지의아버지의……아버지가되느냐나는왜나의아버지를껑충뛰어넘어야하는지나는왜드디어나와나의아버지와나의아버지의아버지와나의아버지의아버지의노릇을한꺼번에하면서살이야 하는것이냐

　　　　　　　　　　　　　　　　　　　　—「烏瞰圖詩第二號」[8] 전문

이 시는 무능력한 아버지를 부정하는 심리가 잘 나타나 있다. 그러면서도 그러한 선조들의 역할을 하지 않으면 안 되는 자신의 처지도 그리고 있다. 즉 나는 '나'와 '조상'의 대립은 19세기적 봉건의식과 20세기적 현대의식의 대립[9]을 나타내고 있다. 이처럼 이상은 19세기와

---

7) 김윤식 엮음, 앞의 책, 235면.
8) 이승훈 엮음, 앞의 책, 21면.
9) 앞의 책, 22면.

20세기의 틈바구니에서 오는 심리적인 갈등과 두려움을 시로 나타낸 것이다.

셋째, 이상의 분열의식은 자아의 분리에서 오는 단절감, 즉 일상적 자아와 이상적 자아의 분리에서 오는 공포라 할 수 있다. 이를 다른 식으로 표현하면, 자기 자신으로부터의 소외 곧 분열의식이라 볼 수 있다. 이는 무의식 속에 나타난 불안과 공포를 뜻한다고 할 수 있다.

그런데 이상이 좋아했던 놀이 기구는 거울이었다. '거울'이란 이상의 시세계 안에서 중요한 기능을 하는 사물이다. 거울을 소재로 쓴 시만 해도 5편(「거울」, 「明鏡」, 「烏瞰圖 詩第八號 解剖」, 「烏瞰圖 詩第十號 나비」, 「烏瞰圖 詩第十五號」)이나 되고 거울이란 명칭이 직접 등장하지 않을 때도 독자의 의식 속에 거울이란 잠재된 떠오르도록 하는 간접적 방법을 사용하기도 한다.

거울속에는소리가없소
저렇게까지조용한세상은참없을것이요

거울속에도내게귀가있소
내말을못알아듣는딱한귀가두개나있소

거울속의나는왼손잡이오
내握手를받을줄모르는―握手를모르는왼손잡이오

거울때문에나는거울속의나를만져보지를못하는구료마는
거울아니었던들내가어찌거울속의나를만나보기만이라도했겠소

나는至今거울을안가졌소마는거울속에는늘거울속의내가있소

잘은모르지만외로된事業에골몰할께요

거울속의나는참나와는反對요마는
또꽤닮았소
나는거울속의나를근심하고진찰할수없으니퍽섭섭하오

—「거울」10)전문

　이상은 '거울'이라는 소재를 사용하여 이상적 자아를 일상적 자아
로 나타내려는 시도를 한다. 즉, '거울 속의 나'인 이상계가 '거울 밖의
나'인 현실계와 서로 바라보고 있다. 거울이 깨져버리면 이런 관계가
경계도 없이 다 사라질 듯 하지만 어쨌든 거울이 존재함으로써 두 세
계가 대립 병치되어 있는 것이다. 이렇듯 여기서 '거울'은 자아분열 또
는 두 자아의 대립으로 형상화되고 있다.
　「거울」에서 이상은 이상적 자아와 일상적 자아가 「아비뇽의 처녀들」
에서처럼 마주보고 있는 것으로 그리고 있다. 이것은 '거울'이라는 매
개체를 사이에 두고 서로 바라보고 있지만, 단절된 세계를 보여준다.
그러면서도 그는 끊임없이 자아의 일치를 추구한다. 그런 점에서 이상
은 단절에서 오는 두려움을 표현한 작가라고 할 수 있다.
　1연에서 거울은 소리가 없는 조용한 세상으로 묘사된다.
　2연에서는 '거울 속의 나'와 '거울 밖의 나'가 서로 교통할 수 없는
이유는 거울 때문이라고 한다. 그러나 거울 없이는 '거울 속의 나'와
'거울 밖의 나'가 만나볼 수 없다. 거울은 '거울 속의 나'와 '거울 밖의
나'와의 시각적 만남을 가능케 하지만 끝내 합일되지 못한다.
　5연에서는 이상적 자아가 '외로된 사업'에 골몰하는 자아로 부연되

---

10) 앞의 책, 187면.

지만, 이는 '일상적 자아와 반대되는 일'을 의미한다.

6연에서는 이상적 자아와 일상적 자아와의 반어적 관계에 대한 성
찰이다. '거울속의나를 근심하고 診察할수없으니퍽섭섭하오'라는 구
절에서 진찰한다는 것은 이상적 자아의 본질을 인식하고 싶은 일상적
자아의 태도를 나타낸다. 곧 근심하고 진찰할 수 없는 것은 자아의 교
통이나 구체적 접촉이 불가능한 것은 거울 때문이다. 「烏瞰圖 詩第十
五號」에서 일종의 절망을 넘어서려는 몸짓으로 권총을 발사하기에 이
르는 분열된 자아와의 통합을 시도해 보지만, 아이러니칼하게도 거울
은 '거울 속의 나'와 '거울 밖의 나'를 갈라놓는 매개체로 작용한다.

이처럼 그는 이상적 자아와 일상적 자아의 합일을 추구하며 악수를
하기에 이르는 분열된 자아와의 통합을 시도해 보지만, '거울'이라는
매개체는 내면의 자아와 현실의 자아를 아이러니칼하게도 갈라놓은
매개체로 작용한다. 왜냐하면, 거울이 없을 때, 둘의 완전한 합일이 이
루어지기 때문이다.

1
나는거울없는室內에있다.거울속의나는역시外出中이다.나는至今거
울속의나를무서워하며떨고 있다.거울속의나는어디가서나를어떻게하
려는陰謀를하는中일까.

2
罪를품고식은寢床에서잤다.確實한내꿈에나는缺席하였고義足을담
은軍用長靴가내꿈의白紙를 더럽혀놓았다.

3
나는거울있는室內로몰래들어간다.나를거울에서解放하려고.그러나

거울속의나는沈鬱한얼굴로同時에꼭들어온다.거울속의나는내게未安한뜻을傳한다.내가그때문에圈圈되어있드키그도나때문에圈圈되어떨고있다.

4

　내가缺席한나의꿈.내위조가登場하지않는내거울.無能이라도좋은나의孤獨의渴望者다.나는드디어거울속의나에게自殺을勸誘하기로決心하였다.나는그에게視野도없는들창을가리키었다.그들窓은自殺만을위한들窓이다.그러나내가自殺하지아니하면그가自殺하지아니하면그가自殺할수없음을그는내게가르친다.

5

　내왼편가슴心臟의位置를防彈金屬으로掩蔽하고나는거울속의내왼편가슴을겨누어拳銃을發射하였다.彈丸은그의왼편가슴을 貫通하였으나그의心臟은바른편에있다.

6

　模型心臟에서붉은잉크가엎질러졌다.내가遲刻한내꿈에서나는極刑을받았다.내꿈을支配하는자는내가아니다.握手조차할수없는두사람을封鎖한巨大한罪가아니다.

— 「烏瞰圖 詩第十五號」[11]

　이 시에서 시적 화자는 거울 없는 실내에 있는데, 이는 자의식이 없는 세계를 뜻하므로 '거울 속의 나'가 부재함을 뜻한다. 또한 이상적 자아의 음모는 「거울」에서의 "외로된事業"과도 일치한다.

　그런데 거울 속의 나만 외출중인 것이 아니라 2연을 보면, 내 꿈도

_____
11) 앞의 책, 49—50면.

결석하고 있다. 꿈 역시 일종의 거울과 같은 역할을 하기 때문에 자아의 활동무대에 설명할 수 없음을 의미한다.

3연에서는 이상적 자아가 현실적 자아에게 미안한 뜻을 전한다. 이는 이상적 자아를 의식세계에서 해방시키려고 해도 그럴 수 없는 자신의 운명 때문이라 여겨진다.

4연에서는 일상적 자아가 이상적 자아에게 자살을 권유한다. 그러나 이상적 자아의 자살은 불가능하다. 왜냐하면 이상적 자아는 일상적 자아가 죽어야지만 자신도 죽을 수 있는 동전의 양면관계라 할 수 있기 때문이다. 그렇기 때문에 이상적 자아는 불사조에 가깝다.

5연에서는 일상적 자아가 이상적 자아를 죽이려고 권총을 발사하지만, 그것은 실패로 끝나고 만다.

6연에서는 이상적 자아를 죽이려고 한 일상적 자아의 잘못 때문에 나는 극형을 받는다. "握手조차할수없는두사람을封鎖한巨大한罪"가 세상에 있는 것이다. 이것은 자아가 둘로 분열되어 있어서 서로 대립·단절되어 있는 상태임을 잘 드러내고 있지만, 그 죄는 자신에게 있는 것이 아니라 세상에 있다는 점을 보여주고 있다.

IV. 결론

앞에서 살펴 보았듯이, 본고에서는 큐비즘과 관련시켜 이상 시에 나타난 이상의 분열의식을 설명해 보았다. 그뿐 아니라 이상의 분열의식을 몇 가지로 나누어 보았다.

이상이 살던 시대에 우리나라는 급속히 근대화되면서 비인간화 현상, 즉 소외현상이 생겼다. 이는 근대화의 그늘, 문명 속에 숨겨진 근대의 다른 모습으로, '인간'이라는 것이 배제되면서 이상 역시 심지어는 '자기 자신으로부터의 소외'를 경험하는 데까지 이르게 된 것이다. 이렇듯 자기 자신으로부터의 소외가 이상에게는 하나의 공포였고, 이로 인해 자아는 분열되어 나타난 것이다.

결국 그는 몸은 봉건시대에 있으면서도 정신은 근대화의 바람을 타고 살았던 이 땅에서 해체의 싹을 보이기 시작한 비운의 작가이다. 다시 말해 이상은 어릴 적 성장 배경부터가 정신적 고향을 만들 수 없었고, 그로 인해 정신적 분열상태를 경험하게 되고 이것이 문학에 투영되어 나타난 것이다. 결국 이상에게 있어서 시는 자신의 내적 혼란과 방황을 드러내주는 하나의 방편인 셈이다.

제3장

정지용 시에 나타난 시원의 자리, 신성성과 순수의식

I. 서론

한국근현대시사에서 중요한 자리를 차지하는 정지용(1902~?)은 초기시의 '바다'에서 후기시의 '산'으로 향하는 중간에 가톨릭시즘의 시들을 썼다. 정지용의 시는 다음 세 단계로 구분해 볼 수 있다. 첫째 1925년경부터 1933년까지의 감각적인 이미지즘의 시, 1933년 「불사조」 이후 1935년까지의 가톨릭 신앙을 바탕으로 한 종교적인 시, 그리고 「옥류동」(1937), 「구성동」(1938) 이후 1941년에 이르는 동양적인 정신의 시 등이 그것이다.[1]필자는 지용의 시에서 시원의 자리를 보여준다고 생각되는 '가톨릭시즘의 시'와 산으로 대변되는 「백록담」을 중심으로 논의를 전개해 나가되, 후자에 역점을 두어 그의 시세계를 살펴보고자 한다.

---

1) 최동호, 「산수시의 세계와 은밀의 정신 ―지용시가 나아간 길」, 이숭원 편저, 『정지용』, 문학세계사, 1996, 276면.

II. 시원의 의미

시원이란 자기가 태어난 지리적 고향을 뜻할 수도 있고, 인간에 있어서의 영혼의 고향이나 정신적 생의 근거, 혹은 실존적 형이상학적 마음의 고향을 뜻하기도 한다. 이때 시인은 시원의 샘을 마시는 자이고, 시는 시인으로 하여금 원초적 존재로 돌아가게 하는 '존재로 들어가기'(옥타비오 파스)를 뜻하기도 한다. 필자는 오늘날 잃어버린 낙원에 사는 우리들에게 태초의 에덴과도 같은, 근원을 향하는 마음을 '시원'이라 보고 정지용의 시에서 그것을 살펴보고자 한다.

다시 말해 始原이란 "사물이나 현상 등이 시작되는 처음, 原始"이다. 그것이 시원을 향한, 또는 시원의 자리이다. 한쪽에 유년을 향한 행복한 공간이 있다면, 다른 쪽에는 새로운 세계에의 동경, 또는 낯선 곳에 대한 두려움이 있기도 한다. 근원적인 힘으로 작용하는 이 두 세계는 뫼비우스의 띠처럼 하나로 얽혀져 펼쳐진다. 태초의 에덴과도 같은 시원성의 공간에 또 다른 세계를 펼쳐 보이는 미지에의 공간이 있다.

특히 주목을 요하는 것은 정지용의 종교시가 『가톨릭청년』(1933.6)의 창간과 관련되어 있다는 점이다. 이는 초기의 감각적인 시와 후기의 고전적인 시들의 교량적인 역할을 종교시가 담당하고 있다는 것이다. 그런데 어떤 이는 종교를 시적으로 해석하는가 하면, 다른 이는 시를 종교로부터 해석하기도 했다. 노발리스는 시는 야생 상태의 종교 같은 것이고, 종교는 실천시이거나 행위시라고 거듭 확언했다. 따라서 시적인 것의 범주는 신성의 여러 이름 중 하나이고, "시는 인류의 원초적 종교"이기도 하며, "종교는 실천적 시 바로 그것"이라는 것이다.

그렇다면 정지용에게 있어서 종교시는 어떤 것일까? "나의 평생이오 나종인 괴롬!/사랑의 백금도가니에 불이 되라."(「임종」의 일부)라는 시구에서처럼, 정지용의 종교시에는 그의 신앙적 체험이 표현된다. 이때 신앙적 체험이란, 신과의 영적인 대화가 이루어지는 것을 뜻한다. 「임종」2)에서는 삼위일체에서 얘기되는 성신(혹은 성령)의 불로 자신이 연마되기를 갈구하는 모습이 보인다. 이렇게 성신을 찬양하는 작품으로는 "문득, 령혼 안에 외로운 불이/바람 처럼 일는 회한에 피여오른다."(「별1」의 일부)는 시도 있다. 그러나 성신을 향한 "외로운 불"이 "바람 처럼 일는 회한에 피여오르"는 것을 보면, 인간의 실존적 조건으로서의 한계가 있는 것을 알 수 있다. 육신을 가진 우리 인간으로서 보이지 않는 세계의 신을 믿고, 또 그것을 시로 표현한다는 것은 여간 어려운 일이 아님을 지용도 잘 알고 있는 것으로 보인다. "회한도 또한/거룩한 은혜.//…… (중략)……//귀밑에 아른거리는/요염한 지옥불을 끄다.//간곡한 하슙이 뉘게로 사모치느뇨?/질식한 영혼에 다시 사랑이 이실나리로다."(「은혜」의 일부)에서도 그런 면을 어렵지 않게 확인할 수 있다. 그러기에 지용은 이 시에서 인간으로서의 '회한'도 '은혜'임을 고백하고 있다. 그러나 지용은 세상을 "요염한 지옥불"이라고 '성신'과 대비시켜 적고 있다. 그 질식하는 곳, 세상에 성신의 다른 모습인 '사랑'을 염원하고 있다. 지용은 또한 「다른 한울」에서는 그것을 더욱 구체화시켜 놓고 있다. "육신은 한낮 괴로움"이고, "영혼은 불과 사랑으로" 단련되기를 바라고 있다. 그리하여 그는 "물과 성신으로" 낳은 이후, "날로 새로운 태양"임을 고백한다. "실상 나는 또하나 다른 태양으로 살았다.//사랑을 위하얀 입맛도 일는다./외로운 사슴처럼 벙어리 되어 산길에 슬지라도ー//오오, 나의 행복은 나의 성모마리아!"(「또 하나 다른 태양」의 일부)라고 말한다. 이제 그는 신앙시에서 우리

---

2) 이 글에서 논의되는 시들은 『정지용전집 1 · 시』(민음사, 1988)에 의거한 표기법을 따랐다.

제2부 3장 정지용 시에 나타난 시원의 자리, 신성성과 순수의식 127

에게 절정을 보여준다. "오오, 나의 행복은 나의 성모마리아!"라고 한 구절에서도 그런 점을 엿볼 수 있다. 신자에게 있어서 이보다 더 좋은 것은 있을 수 없다. 성모마리아 안에서 행복을 발견하고, 그 안에 거하는 것으로 행복하다는 고백이야말로 신자의 최고의 고백이 아닐 수 없다. 그런 "사랑을 위하얀 입맛도 일는" 것. 그렇기 때문에 사랑과 종교와 시는 공통적인 연원에서 나왔다고 보는 이도 있다. 모든 사랑은 자아의 기저를 뒤흔드는 지진이며 계시라는 것이다. 이것이 지용으로서는 "또 하나 다른 태양"으로 사는 것이다.

> 나의 적은 年輪으로 이스라엘의 二千年을 헤였노라.
> 나의 존재는 우주의 한낱초조한 오점이었도다.
>
> …… (중략) ……
>
> 오오! 新約의 太陽을 한아름 안다.
>
> —「나무」에서

그런데 위의 시에서 보듯 '나무'는 중간자적인 존재, 인간을 표상한다. 위로는 하늘을 향하고 밑으로는 땅에 뿌리를 내리는 존재, 곧 생과 사, 선과 악, 영원과 순간, 천국과 지옥 사이에서 사는 인간의 모습과 닮아 있다. 그러기에 '나무'는 영육의 갈등을 거친 후에 "우주의 한낱 초조한 오점"이 된다. 그러므로 「나무」에서 신앙적 자아가 갈구하는 '신약의 태양'은 인간 조건을 극복하고 구원에 이를 수 있게 하는 성스러운 대상으로 자리잡는다. 곧 신성이란 선험적(a priori) 범주에 속하는 것으로, 내재적이고 비밀스러운 것을 밖으로 끄집어내는 것이며 존

재의 내장을 보이는 것이기에, 이런 신성의 경험은 거부하고 싶은 경험
이다. 이 점은 「다른 한울」에서도 이미 "새로운 태양"으로 제시되었다.

그러나 지용의 종교시는 세속적 자아를 포용하지 못하고 신앙적 자
아만을 내세워 신성을 찬송하는 데 그치고 있다는 비판을 받고 있다.
또한 "그가 가톨릭에 귀의함으로써 얻어졌다는 일련의 종교시가 관념
적인 가톨릭시즘으로 나타날 뿐 삶의 축제로 연결하지 못한 것은 그
신앙체험이 현실에서 말미암은 것이 아니라 순전히 외부에서 주어진
기성화된 관념이기 때문"이라는 비판도 있다. 지용이 행복한 시원의
공간을 꿈꾸고는 있으나 세속적 자아와 신앙적 자아가 갈등 없이 오직
신의 은혜만을 갈망하는 면이 크게 나타난 것으로 보인다. 그러나 「불
사조」에서는 나름대로 이런 신앙적 자아와 세속적 자아의 갈등하는
모습을 가장 잘 보여주고 있다.

> 너는 박힌 화살, 날지안는 새,
> 나는 너의 슬픈 울음과 아픈 몸짓을 진히노라.
>
> …… (중략) ……
>
> 너는 짐직 나의 心臟을 차지하였더뇨?
> 悲哀! 오오 나의 新婦! 너를 위하야 나의 窓과 우슴을 닫었노라.
>
> …… (중략) ……
>
> 스사로 불탄 자리에서 나래를 펴는
> 오오 悲哀! 너의 不死鳥 나의 눈물이여!
>
> ─「불사조」에서

결국 인간으로서의 실존적 한계를 인식한 시적 화자는 "비애"를 느낀다. 신은 저 너머에 있고 삶과 죽음의 문제를 다루고 있는 이 시는 인간의 운명적인 비애의 문제, 인간의 비극적인 문제를 다룬다는 점에서 지용의 다른 종교시보다 본질에 가까운 면을 보여준다. 이렇듯 인간의 조건으로서의 비극성을 다루면서도 현세적인 것을 부정하고 신적인 것을 찬양하는 관념시로서의 신앙시라는 점에서 정지용의 종교시에 한계가 있다. 이외에도 「갈릴레아 바다」, 「승리자 김안드레아」, 「비극」, 「슬픈 우상」과 같은 신앙시가 있으나 이 글에서는 논외로 했다.

　이상에서 필자는 정지용의 종교시를 살펴 보았다. 종교란 신이나 초자연적인 절대자 또는 힘에 대한 믿음을 통하여 인간 생활의 고뇌를 해결하고 삶의 궁극적인 의미를 추구하는 문화 체계를 뜻한다. 이미 '나무'나 '불사조'에서 본 것처럼 우리 인간은 세속적인데 발을 두면서도 정신은 이상적인 세계를 갈구하는 가운데 갈등·번민하면서 태초의 신성한 것을 추구하는 데서 시가 비롯된다. 이것이 정지용 시에 있어서의 시원성이라고 할 수 있다. 이처럼 시가 시작되는 자리는 그 근원을 밝혀주는 종교 같은 데서 비롯되며 세속적인 삶 속에서 신성한 것에의 추구가 있기에 그 '시원에의 비롯됨'에서 믿음과 사랑(지용시에서는 '불'로 승화된)의 시가 씌어진 것이라 할 수 있다. 그러나 그 근원을 향한 소망이 정지용 시에 나타나 있기는 하지만 완전한 행복의 공간을 보여주기보다는 지상에 발을 둔 아담의 후손으로서의 한계도 안고 있다.

III. 순수에의 추구

정지용은 초기에 모더니즘의 세례를 받아 바다를 제재로 하는 이미지즘의 시를 썼다. 곧 가톨릭에 귀의한 종교시가 교량적 역할을 하다가 후기에 이르면 '산'을 제재로 하는 동양의 정신주의에로 침잠한다. 이런 그의 시적 방향은 30년대 중반 이후부터 40년대 초에 전시 체제에 돌입한 일제의 폭력적인 억압을 극복하고자 하는 노력으로 해석되기도 한다. 지용의 산수시가 지닌 정신적 기반은 식민지 시대 말기를 사는 그의 정신적 고통스러움이기도 했다.

> 생활과 환경도 어느 정도로 극복할 수 있는 것이겠는데 친일도 배일도 못한 나는 산수에 숨지 못하고 들에서 호미도 잡지 못하였다. 그래도 비릴 수 없이 시를 이이온 깃인데 이 이싱은 소위 『국민문학』에 협력하던지 그렇지 않고서는 조선시를 쓴다는 것만으로도 신변의 협위를 당하게 된 것이다.3)

친일도 배일도 못한 그가 산수시로 나아간 것은 자연스러운 일이었을지도 모른다. 자연으로 돌아가서 타락한 현실에서의 좌절을 정신적으로 치유하였던 것은 한국의 문사들이 즐겨 선택해 온 삶의 방식이었기 때문이다. 이렇게 지용의 시적 능력과 시대적 중압 속에서 그의 시가 필연적으로 나아가지 않을 수 없었던 방향이 산수시에로의 길이었던 것이다. 친일도 배일도 못한 그가 조선시를 쓴다는 것만으로도 신변의 위협을 느끼지 않을 수 없을 때, 그는 시 속에서만이라도 산수로 돌아가 세속의 괴로움을 벗어날 수 있었던 것이다. 여기에 지용에게 있어서나 시에 있어서의 본원적인 자리, 시원성이 자리잡고 있다고 볼

---

3) 정지용, 「조선시의 반성」, 『정지용전집 2 · 산문』, 민음사, 1988, 266면.

수 있다. 식민지 시대 말기를 살던 그가 모든 것을 잊고 자신이 그리던 이상의 세계로 돌아올 수 있었던 이유가 여기에 있었던 것이다. 이 자연 속에서 그의 예술의 정신을 찾을 수 있는데, 「장수산」, 「백록담」계열의 산문시형이 여기에 해당된다.

1
절정에 가까울수록 뻑국채 꽃키가 점점 소모된다. 한마루 오르면 허리가 슬어지고 다시 한마루 우에서 모가지가 없고 나중에는 얼골만 개웃 내다본다. 화문처럼 판박힌다. 바람이 차기가 함경도 끝과 맞서는데서 뻑국채 키는 아조 없어지고도 팔월한철엔 흩어진 성신처럼 난만하다. 산그림자 어둑어둑하면 그러지 않어도 뻑국채 꽃밭에서 별들이 켜든다. 제자리에서 별이 옮긴다. 나는 여긔서 기진했다.

2
암고란, 환약 같이 어여쁜 열매로 목을 축이고 살어 일어섰다.

3
백화 옆에서 백화가 촉루가 되기까지 산다. 내가 죽어 백화처럼 흴 것이 숭없지않다.

4
귀신도 쓸쓸하여 살지 않는 한모롱이, 도체비꽃이 낮에도혼자 무서워 파랗게 질린다.

5
바야흐로 해발육천척우에서 마소가 사람을 대수롭게 아니녀기고 산다. 말이 말끼리 소가 소끼리, 망아지가 어미소를 송아지가 어미말을 따르다가 이내 헤여진다.

6

첫새끼를 낳노라고 암소가 몹시 혼이 났다. 얼결에 산길 백리를 돌아 서귀포로 달어났다.물도 마르기 전에 어미를 여흰 송아지는 움매—움매— 울었다. 말을 보고도 마고 매여달렸다. 우리 새끼들도 모색이 다른 어미한틔 맡길것을 나는 울었다.

7

풍란이 풍기는 향기, 꾀꼬리 서로 부르는 소리, 제주회파람새 회파람부는 소리, 돌에 물이 따로 굴으는 소리, 먼 데서 바다가 구길때 쇠—쇠— 솔소리, 물푸레 동백 떡갈나무속에서 나는 길을 잘못 들었다가 다시 측년출 긔여간 흰돌바기 고부랑길로 나섰다. 문득 마조친 아롱점말이 피하지 않는다.

8

고비 고사리 더덕순 도라지꽃 취 삭갓나물 대풀 석용 별과 같은 방울을 달은 고산식물을 색이며 취하며 자며 한다. 백록담 조찰한 물을 그리여 산맥우에서 짓는 행렬이 구름보다 장엄하다. 소나기 놋낫 맞으며 무지개에 말리우며 궁둥이에 꽃물 익여 붙인채로 살이 붓는다.

9

가재도 긔지 않는 백록담 푸른 물에 하눌이 돈다. 불구에 가깝도록 고단한 나의 다리를 돌아 소가 갔다. 좃겨온 실구름 일말에도 백록담은 흐리운다. 나의 얼골에
한나잘 포긴 백록담은 쓸쓸하다. 나는 깨다 졸다 기도조차 잊었더니라.

—「백록담」 전문

이 시는 1938년 8월에 김영랑, 현구와 함께 정지용이 한라산에 갔다

온 기록이면서 정신적 상승의지를 그린 작품이다. 산은 대개 초월의 공간이거나 신비의 공간에 해당된다. 또한 산의 정상은 우수와 연정, 인간적인 고뇌조차 무화시키는 삶의 극점에 해당하는 장소라는 점에서 세속을 격리시키는 상징성을 띤다. 그렇기 때문에 극기의 자연이라는 점에서 시대적인 의의를 가지나 무시간성으로 표방되는 점에서 역사와 현실 자체를 격리시킬 우려4)를 지적하기도 한다.

①연에서부터 ⑨연까지의 내용을 간단히 정리해 보기로 하자.

① 산정에 오를수록 뻑국채 꽃의 키는 점점 작아지고 시적 화자의 육체는 기진한다. 육체가 기진할수록 꽃의 아름다움은 극치에 이르고 시적 화자는 점점 무아지경에 몰입하게 된다. 꽃밭에서 별들이 켜지는 것처럼 자연과 인간의 합일도 이루어진다.

② 산정에 오르기까지 기진과 소생의 과정이 반복되며, 기진할 때마다 시적 화자는 어여쁜 열매를 따먹으며 그것으로 목을 축이며 소생되는 면을 보여주고 있다. 이것이 되풀이될수록 시적 화자의 의식은 명료해진다.

③ 시적 화자와 백화가 삶과 죽음의 과정 속에서 합치되어 나타난다. 이때 죽음을 초월하여 흰 것에 대한 동경을 추구하게 되는데, 흰 것은 순수한 세계를 상징한다. "그의 흰색에 대한 경사는 거의 병적일 정도"5)이며 그 흰색에 대한 경사는 일종의 결벽성의 결과이다. 정지용의 깨끗하고 정결한 세계에 대한 병적인 집착은 그의 고향상실감 또는 낙

---

4) 김명인, 「1930년대 시의 구조연구 ―정지용·김영랑·백석의 시를 중심으로」, 고려대 박사논문, 1985, 155―156면.
   이숭원도 "『백록담』의 시들은 현실과 단절되어 있다는 점, 역사성이 결핍되어 있다는 점에서 지용의 한계를 노출한다"(「정지용시 연구」, 서울대석사논문, 1980, 50면)고 보았다.
5) 김윤식·김현, 『정지용전집 1·시』, 민음사, 1973, 204면.

원상실감―시원으로부터의 멀어짐―에서 비롯되었다고 볼 수 있다. 이 고향상실 의식이 내면화되었을 때, 정지용은 「백록담」의 순수하고 결벽한 세계에 강하게 집착하게 된다. 이러한 순수함에의 집착은 상실 감을 메꾸려 한 것으로 보인다.

④ "귀신도 쓸쓸하여 살지 않는" 세계는 백록담을 이루는 세계이다. 그만큼 백록담의 세계는 고적하다. 그곳에선 도체비꽃도 낮인데도 불구하고 무서워 파랗게 질리는 죽음이 도사리는 세계이다. 그곳에 서 있는 시적 화자의 발밑에도 여지없이 죽음의 세계는 도사리고 있다.

⑤ ⑥은 자연의 일부로서 사람과 동물이 화합하는 세계를 드러내고 있다. 특히 ⑥연에서의 "어미를 여흰 송아지"는 자신의 상징물, 근대의 '고아의식'을 드러낸다. 고향을 떠난 자로서 고향을 그리워하는 마음, 그것은 지리적인 고향만이 아니라 정신적인 고향을 의미한다. 이 부분에 시원으로부터의 마음, 근원적인 자리를 잃어버린 슬픈 시적 자아가 시원을 향하는 마음, 근원을 향하는 마음이 잘 나타나 있다. '父의 부재'는 고향, 근원을 상실한 '父'는 물론 식민지 속에서의 '국가'의 상실이라는 이중적인 의미를 띠고 있다. 그것을 지용은 동물에 빗대어 자신의 심정을 드러내며 "울었다"라고 표현하고 있다.

⑦ ⑧연에서는 정상에 오를수록 자연의 아름다움의 극치를 이룬다. 향기와 소리와 색상이 어루어져 감각의 교향악이 이루어지는 가운데 시적 화자는 무아지경에 취한다. 한 줄기 소나기가 지나가고 그 위에 무지재가 뜨고 옷은 꽃물이 들고…… 그러면서도 백록담을 찾은 행렬은 구름보다 장엄하다!

⑨ 드디어 하늘과 백록담이 만나는 지점에 이르렀다. 여기서 시적 화자는 "기도조차 잊은" 절대 순수의 모습을 보여준다. 신과의 대화조차 잊은 채 자연에 동화된, 이미 자신조차 자연의 일부가 된 경지를 보

여주고 있다.

혹자는 "1장에서 8장까지 지속되어온 나의 정황인 기진, 희생, 고독, 연민, 고통, 수난, 도취를 통하여 마지막 백록담과의 대응에서는 기도조차 잊는 몰아의 경지에 들어서서 이제는 더 이상 산과 하늘이 따로 떨어질 수 없고 백록담과 순례자가 객체와 주체로 대립될 수 없는 궁극에 자리잡게 된다."고 설명했다.

> 『백록담』을 내놓은 시절이 내가 가장 정신이나 육체로 피폐한 때다.
> 여러 가지로 남이나 내가 내 자신의 피폐한 원인을 지적할 수 있었겠으
> 나 결국은 환경과 생활 때문에 그렇게 된 것이었다.[6]

일제 말 1940년대 초의 시대적 상황에서 조선시를 쓴다는 어려움은 그가 말한 이 개인적 번민과 더불어 그를 억누르는 난관이었다. 그가 이런 피폐한 상황에서 동양적 정신의 구경에 도달하기 위해 그 나름의 정신적 고투를 겪으며 이룩한 것이 『백록담』의 세계다. 자신의 영혼을 비추며 주객이 일치되는 명증한 인식에 도달한 것은 날카로운 언어의 칼날로 해부한 그의 서정적 의식인 것이다.

정지용은 바다를 제재로 한 서구 취향의 시를 쓰다가 가톨릭이라는 종교의 세계를 통하여 신성한 것을 추구하게 되고 그 신성한 것의 극단을 산의 순수한 상태에서 찾았다. 그는 시에 있어서 정신적인 것의 중요성을 말하며 그 가장 우위에 '신앙'이 놓인다고 했다. 그러나 그는 신앙적인 주제를 시에 끌어들이는 것이 한국시에 있어서 얼마나 어려운 일인가를 깨달아 시에 필요한 정신적인 것으로서 동양의 고전적 시 정신으로 다가갔다. 즉 정지용은 산을 통하여 신성한 것, 정신적인 것

---

6) 정지용, 「조선시의 반성」, 앞의 책, 266면.

을 추구하였으나 정신적 높이를 지탱할 수 있는 이념적 기반이 없었기 때문에 폐쇄적인 순수함에만 집착하였다는 비판도 있다.

그러나 정지용이 가톨릭에서 얻은 절제의 정신, 순수하고 깨끗한 삶에 대한 추구의 정신은 「백록담」에서 집중적으로 추구된다. '백록담'이라는 공간은 한라산 등반의 정점에 자리한 지리적인 한 지점이 아니라 시인이 추구하는 순수의 공간이다. 자아가 무화된 청정무구, 순수의 공간으로서의 자연은 현상으로서의 자연을 넘어서서 시인의 의식세계를 보여주고 있다는 점에서 상징성을 지니게 되며 또 이러한 자연 공간은 지용 시의 정신적 고도와 깊이를 말해주는 것이기도 하다. 이 새로운 세계에 대한 갈망이 예술적 상징적 공간[7]이 아닐까 한다.

IV. 결론

하이데거에 의하면, 언어가 주어진 곳에서만 사물은 존재한다고 했다. 이때 사물이란 관념이라는 가장 고차원적이며 궁극적인 사물까지를 포함해서 존재하고 있는 모든 것을 사물(사물(res)=존재하는 것(ens))[8]이라고 보는 가장 광범한 영역으로부터 시작한다. 그리고 자연 가운데 있는 무생물적인 것과 점차로 흙이나 나뭇조각 같은 순수한 사물이라는 가장 협소한 영역에로 이르게 된다. 정지용의 시에서는 관념적인 것을 보여주는 가톨릭시즘의 시와 세상으로부터 멀리 떨어져 있는 그윽한 곳이 유일한 시가 존재하는 장소가 됨을 보여준다. 이 시원성을 잘 드러내주고 있는 시가 바로 「백록담」이다.

---

7) 김훈, 「정지용 시의 분석적 연구」, 서울대박사논문, 1990, 167－168면.
8) Martin Heidegger, 『예술작품의 근원』, 오병남 · 민형원 공역, 경문사, 1979, 21면, 85면.

이런 시의 동인動因은 로고스(언어, 말씀, 이성─필자)로부터 힘을 빌리는데, 정지용은 로고스에 힘입어 아직까지 현전하지 않았던 것을 현전하게 한다. 본래적 의미에 있어서는 언어 자체가 시다. 왜냐하면 언어가 시의 근원적 본질을 보증해주는 것이기에, 포에지는 언어 가운데서 형성되며 그 까닭에 바로 언어가 시인 것이다.

그런데 시인은 말을 부리는 사람이 아니라 말에 봉사하는 사람이다. 원초적 도약으로서의 근원, 즉 시에 있어서 시원을 향한 자리 또는 시원성에의 추구는 말씀이 육신이 되는 점을 보여준다. 그런 점에서 지용의 다음 글은 시사하는 바가 크다.

> 시의 신비는 언어의 신비다. 시는 언어와 Incarnation적 일치다. 그러므로 시의 정신적 심도는 필연으로 언어의 정령을 잡지 않고서는 표현 제작에 오를 수 없다. 다만 시의 심도가 자연 인간 생활 사상에 뿌리를 깊이 서림을 따라서 다시 시에 긴밀히 혈육화되지 않은 언어는 결국 시를 사산시킨다. 詩神이 거하는 궁전이 언어요, 이를 다시 방축하는 것도 언어다.9)

그렇다면 시에 있어서의 시원성이란 무엇인가? 그것은 선험적(a priori) 범주에 속하는 태초의 신성한 것으로, 자신에게 있어서 직관적인 깨달음이라든가 사물과 현상 등에 대한 인식이 비롯되는 원초적 장면 또는 잃어버린 낙원─행복한 유년의 공간─과 새로운 것을 향한 추구가 언어의 옷을 입고 나타나는 것이다. 정지용에게 있어서 이런 순수의식, 태초의 낙원과 신성한 세계를 향한 갈망이 「백록담」을 비롯한 후기시의 시들인 것이다.

---

9) 정지용, 「시와 어어」, 앞의 책, 253면.

■ 제4장 ■

윤동주 시에 나타난 부끄러움의 의미

I. 서론

이육사와 함께 식민지 후기의 저항시를 대표하는[1] 윤동주는 1945년 2월 16일 일본 九州의 福岡 형무소에서 옥사했다는데, 생체 실험의 대상이 되어 죽어간 것으로 보인다. "東柱 先生은 무슨 뜻인지 모르나 큰소리를 외치고 殞命했습니다."[2]라는 윤일주와 "무시무시한 고독 속에서 죽었고나! 29歲가 되도록 詩도 발표하여 본 적이 없이!"[3]라는 정지용의 글은 윤동주의 죽음이 마치 골고다 언덕에서의 예수의 죽음을 연상케 한다.

일제 식민지 하에서 일종의 속죄양의 길을 걸어간 윤동주, 당시 시대상황과 역사적인 불안과 고뇌를 종교에 의지하여 내면화시키고 있는 그의 시에 기독교 정신이 어떻게 전개되고 극복되는지를 살펴보고자 하는 것이 본고의 목적이다.

---

1) 金允植 · 김현,『한국문학사』, 民音社, 1981, 207면.
2) 尹一柱,「先伯의 生涯」,『하늘과 바람과 별과 詩』, 正音社, 1955, 219면.
3)『하늘과 바람과 별과 시』, 1948년 초판본의 序에서 정지용이 한 말.

윤동주 시에 나타난 기독교 정신을 파악하기에 앞서 기독교 문학의 의미를 묻는 것이 앞선 과제라 하겠다. 쿠르트 호호프는 대부분의 기독교 작가들은 독자들에게 같은 내용을 늘 같은 분위기에서 이야기하려는데 공통점을 갖고 있다고 보고 있다. 이런 작가들은 결국 독자들로부터 매력을 잃게 되고, 따라서 그들의 작품은 비기독교적인 독자층에서 호응을 받지 못하게 됨으로 시문학은 그 대상을 새롭게 형성하고 서술해야 한다면서 그러기 위해서는 "세속적인 세계관과 성서적 '신앙'이 서로 조화를 이루는 곳에 아마도 참된 기독교 문학의 새로운 본질이 있을 것"[4]이라고 결론을 내리고 있다.

이런 점에서 기독교 문학의 창작에서 먼저 문제되는 것은 '기독교에 있어서의 문학'이냐, '문학에 있어서의 기독교'이냐 라는 것이다. '기독교에 있어서의 문학'은 말 그대로 護敎文學이다. 호교문학이란 기독교를 옹호하고 宣傳하고 宣敎하기 위해 제작된 작품으로서, 기독교의 도그마를 문학의 형식을 빌어 표현한 데 지나지 않는다. 이와 반대로 '문학에 있어서의 기독교' 작품은 기독교적 모랄을 위해 쓴 작품도 아니고 문학적 모랄을 위하여 크리스챤의 입장을 떠난 작품도 아니라 기독교와 문학의 모랄을 함께 실은 작품이다.

김희보는 '기독교에 있어서의문학' 즉, 이데올로기의 목적 아래 쓰여진 작품은 순수한 작품이라고 볼 수 없기에 이런 호교문학은 기독교 문학에서 배제되어야 한다고 했다. 그 대신 '문학에 있어서의 기독교', 이것만이 기독교 문학이라면서 기독교와 문학이라는 이 서로 대립되고 모순되는 상황 밑에서 제작된 작품이 곧 기독교 문학[5]이라고 강조

---

4) Curt Hohoff,『기독교 문학이란 무엇인가』, 한승홍 역, 두란노 서원, 1986, 109−113면.
5) 金禧寶,「基督敎文學은 무엇인가? −그 본질」,『韓國文學과 基督敎』, 현대사상사, 1979, 242−244면.

하고 있다.

결국 기독교문학이란 문학으로 肉化된 기독교 정신이 깃든 문학작품이다. 이처럼 기독교 정신이 예술적으로 승화된 문학작품, 작가의 실존과 내면세계가 신앙의 바탕 위에서 구현된 작품, 작가의 의지와 의식의 방향이 기독교 정신에 의해서 문학적으로 해결되고 극복되는 작품을 기독교 문학이라고 정의할 때, 기독교 문학의 작가는 진정 크리스챤이어야 함이 전제된다.[6]

그렇다면 기독교 정신이란 무엇인가? 한마디로 말해서, 기독교 정신은 '십자가'로 대변된다. 십자가는 수치와 죽음을 상징한다. 그러나, 예수는 십자가를 짊어짐으로써 자신의 사명을 다한다. 그러나 바로 그때 그에게는 부활이라는 영광이 주어진다. 여기에 기독교의 우월성이 감춰져 있다. 이런 십자가는 인류에의 사랑이 전제된다. "그런즉 믿음, 소망, 사랑, 이 세 가지는 항상 있을 것인데 그 중에 제일은 사랑이라."[7]고 성서는 말하고 있다. 그러므로 기독교 정신은 '십자가의 길'에서 찾아볼 수 있고, 이것은 바로 사랑의 정신인데, 기독교 문학은 이런 정신에 뿌리를 두고 있다.

결국 기독교 문학은 시인이 속한 당 시대의 역사적 · 사회적 상황을 내면화시키는데 있어 기독교 정신의 본질인 '십자가의 길'을 통하여 해결에 이르는 예술, 즉 크리스챤인 작가가 자신의 신앙을 바탕으로 외적 상황을 문학적으로 승화시키는 데 있는 것이라고 볼 수 있다.

---

6) 蔡賢珠, 「尹東柱 시에 나타난 基督敎 精神」, 성균관대 교육대학원, 1991, 10면.
7) 개역 한글판 『성경전서』, 고린도전서 제 13장 13절.

II. 부끄러움의 의미

일반적으로 수치(shame)의 구조는 이러하다. 즉 누가 무엇이거나 무엇을 했기 때문에 누구 앞에서 수치를 느끼는 식이다. 수치를 느끼는 唯我論者(Solipsist)란 무언가 어울리지 않는 느낌이다. 그러기에 수치를 느끼는 것은 자기가 혼자 있지 않다는 믿음에 의탁되어 있는 것이다. 타인들의 존재야말로 우리 의식의 구조로서 수치의 개념 그 자체에 짜 넣어진 것이다. 즉 수치감은 타인들과의 관련성을 제외하고는 도대체 발생할 수조차 없다. 나는 타인을 위해서 실존함을 의식하게 되는 바로 그때, 그리고 바로 그때만 자기 의식의 수준에서 나는 나 자신을 위해서 실존한다고 말할 수 있다. 이러한 타자 의식의 출현, 즉 내가 다른 의식을 인지하고 반대로 다른 의식이 나를 인지한다는 사실이야말로 사르트르가 "지옥, 그것은 바로 타인들이다."라고 말한 내용이다. 사르트르에게 수치는 일반적으로 통용되는 의미의 수치라 할 도덕적 감정, 이 틈입자가 느끼는 또는 마땅히 느껴야 할 감정보다 훨씬 더 광범위한 전문적 의미를 갖는다. 왜냐하면 결국 수치의 궁극적 의미는 도덕적 감정이라기보다는 오히려 형이상학적 느낌이기 때문이다.[8]

이런 수치의 원조는 창세기 신화에 나오는 아담과 이브에게서 찾아볼 수 있다. 따먹지 말라는 선악과를 뱀의 유혹을 받고 따먹은 아담과 이브는 눈이 밝아져 자신들의 벌거벗은 것을 알고 수치를 느낀다. 그들은 타인의 출현, 곧 그들 곁에서 그들을 보고 있는 神을 의식하기에 이르는데 문제는 여기에서 발생한다. 그들을 보고 있는 神이라는 타자를 의식하는 순간, 그들은 수치를 느낀 것이다.

이런 점에서 윤동주의 부끄러움의 의미를 따져 볼 필요성을 느낀다.

---

8) Auther Danto, 『사르트르의 철학』, 신오현 역, 민음사, 1985, 161면.

그의 시는 韓龍雲의 詩가 슬픔을 이별의 美學으로 승화시켜 식민지 치하의 정서에 하나의질서를 부여한 것과 같이, 식민지 치하의 가난과 슬픔을 부끄러움의 미학으로 극복하여 식민지 후기의 무질서한 정서에 하나의 질서를 부여한다. 그의 부끄러움의 美學은 자신과 생활에 대한 애정 있는 관찰, 그리고 자신이 지켜야 할 理念에 대한 순결한 신앙과 시의 형식에 대한 집요한 탐구의 결과이다.9)

그렇다면 여기에서 '부끄러움의 美學'이란 무엇인가? 윤동주에게 있어서 '부끄러움의 美學'이란 자기 혼자만 행복하게 살 수 없다는 아픈 자각의 표현인데, 그의 부끄러움의 양상은 "자신의 욕됨"과 "자신에 대한 미움"으로 드러난다.

그러나 오세영은 윤동주의 부끄러움의 정체를 두 가지로 파악하고 있다. 그의 부끄러움은 시대적 상황과 아무런 관련이 없는 모종의 휴머니즘에서 기인된 속죄의식의 표현이라는 점, 동시에 그의 부끄러움은 행동이 거세되어 있을 뿐만 아니라 오히려 행동을 포기하는 행위 그 자체에 기인된 것이기 때문에 저항과는 아무런 관련이 없다는 점을 들고 있다. 즉 저항하지 못한 데 대한 부끄러움10)이라는 것이다.

오세영이 윤동주의 시를 저항시로 보는 것은 첫째, 윤동주의 옥사사건을 추상적으로 미화시키는 데서 오는 오류라는 점, 둘째, 36년간이라는 긴 세월동안 세계사상 유례없는 혹독한 식민지배를 받아왔으면서도 이에 항거한 자랑스런 저항시인을 가지지 못했다는 점, 셋째, 윤동주의 유고시집이 간행된 1948년 이래 오늘날까지 한국의 특수한 시대적 상황과 사회구조 그리고 부조리 등이 저항시인을 요청해 왔다는 점 등을 들어 "윤동주의 시, 그것이 문학적으로 가치가 있는 것이 사실이

---

9) 金允植 · 김현, 앞의 책, 208면.
10) 오세영, 「윤동주의 시는 저항시인가?」, 『윤동주 연구』, 문학사상사, 1995, 384면.

긴 하지만 그것은 그의 저항성에서 온 것이 아니며, 더구나 그의 시가 저항시일 수는 없다.[11] 고 주장하고 있다.

이에 비해 마광수는 윤동주의 부끄러움을 "나라를 빼앗긴 식민지 지식인으로서의 부끄러움, 이상과 현실의 괴리에서 오는 부끄러움, 기독교적 원죄의식이 가져다준 겸손한 신앙인으로서의 부끄러움, 윤리 지상적 생활 철학에 자신의 실천과 행동이 채 미치지 못했을 때 갖게 되는 부끄러움 등의 이미지가 한데 뭉뚱그려져 윤동주의 시 전체를 지배하고 있다."고 강조[12]하고 있다.

그렇다면 윤동주의 시에서 '부끄러움'이 나타난 작품을 살펴 보기로 하자.

    ①
    죽는 날까지 하늘을 우러러
    한점 부끄럼이 없기를.

                   —「서시」중에서

    ②
    이브가 解産하는 수고를 다하면
    無花果 잎사귀로 부끄런데를 가리고
    나는 이마에 땀을 흘려야겠다.

            —「또 太初의 아침」뒷부분에서

    ③
    돌담을 더듬어 눈물 짓다
    쳐다보면 하늘은 부끄럽게 푸릅니다.

                  —「길」중에서

---

11) 오세영, 앞의 글, 387—388면.
12) 마광수, 「동양적 자연관을 통한 '부끄러움'의 극복」, 『윤동주 연구』, 348면.

④
따는 밤을 새워 우는 버레는
부끄러운 이름을 슬퍼하는 까닭입니다.

—「별 헤는 밤」 중에서

⑤
내 그림자는 담배 연기 그림자를 날리고
비둘기 한데가 부끄러울 것도 없이
나레속을 속, 속, 햇빛이 비춰, 날었다.

—「사랑스런 追憶」 중에서

⑥
人生은 살기 어렵다는데
詩가 이렇게 쉽게 씨워지는 것은
부끄러운 일이다.

—「쉽게 씨워진 시」 중에서

⑦
—그때 그 젊은 나이에
웨 그런 부끄런 告白을 했던가

—「懺悔錄」 중에서[13]

윤동주에게 있어서 '부끄러움'은 원죄적 죄의식으로 해석할 수 있다. 성서에 의하면, 인간은 태어날 때부터 죄를 갖고 태어난다. 그게 원죄다.

①은 당시 암울했던 일제 식민지 하에서의 지식인이 갖는 갈등과 고

---

13) ① ~ ⑦의 출처는 『하늘과 바람과 별과 詩』(正音社, 1955)이다.

뇌를 잘 그리고 있다. '하늘'이란 神이 거주하는 곳이다. 그러기에 일제 식민지 상황에서 교육받은 지식인이자 기독교인이었던 윤동주는 이런 神과 시대상을 염두에 둘 때 괴로웠을 것이 분명하다. 또한 식민지 하에서 그를 바라보는 조선 민족이 있었고, 그런 식민지 지식인을 바라보는 일제라는 침략자가 있었다. 이것이 식민지 지배하에서 고통받고 있는 우리 민족과 일제라는 타자의식이 출현함으로써 갖는 '원죄의식으로서의 부끄러움'이라고 해석할 수 있다. 그러기에 그는 지식인으로서, 신앙인으로서 저항하지 못한 데 대한 부끄러움을 느낀다. 그런 상황에서 '원죄의식으로서의 부끄러움'이라고 해석할 수 있다. 그러기에 그는 지식인으로서, 신앙인으로서 저항하지 못한 데 대한 부끄러움을 느낀다. 그런 상황에서 "한 점 부끄러움 없이" 살 수 있는 길은 예수의 제자로서의 길, 곧 십자가의 길을 택할 수밖에 없었다는 것은 자명한 일이다.

②는 창세기 신화에 바탕을 두고 쓴 시다. 결국 神이 죄지은 그들을 보고 있었다는 것을 의식한 그들은 에덴으로부터 추방되어 해산하는 수고와 땅을 파는 수고를 짊어지게 된다. 여기서부터 자기분열이 일어나고 자기 반성이 일게 된다. 이렇듯 他心의 문제는 간단하지가 않다. '무화과 잎사귀'는 인류 최초의 옷이라 할 수 있다. 죄를 지은 이브는 해산하는 수고를 짊어지게 되고, 아담은 땅을 파는 수고를 담당하게 된다. 그렇지만 神은 그들을 벌거벗은 채로 에덴에서 추방하는 것이 아니라 '무화과 잎사귀'라는 옷을 입혀 내쫓는다. 神의 명령을 어긴 결과는 이렇듯 참혹하다. 그들이 선악과를 따먹고 눈이 밝아져 神이라는 타자를 의식한 순간, 그들은 '부끄러움'을 인식하게 된 것이다.

③ 역시 하늘 —기독교의 하나님—을 인식한 자의 부끄러움이다. 윤동주에 있어서의 이러한 원죄의식은 속죄의식으로 성숙된다. 부끄러

움의 美學으로 표현된 윤동주의 속죄의식은 그의 시에서 자기반성과 고백의 단계에서 점차 해결을 지향하는 극복의지로 연결된다.

④ 역시 속죄의식을 드러낸 시다. "부끄러운 이름"은 고뇌하는 지식인상을 보여주고 있다. 그는 "밤을 새워 우는 버레"이다. 밤은 일제 식민지하의 암울한 상황을 나타내고, 이런 시대에서 지식인인 그로서 할 수 있는 것은 우는 일밖에 없는 것이다. 그러기에 그는 "부끄러운" 것이다.

⑤는 하늘을 나는 비둘기와 지상세계에서의 자신을 대비시키고 있다. 이상 세계를 상징하는 햇빛과 하늘 속으로 날아오를 수 없는 시인은 지상세계에 얽매일 수밖에 없다. 그런 점에서 그는 부끄럽다. 더구나 일상인으로서의 삶은 어려운데 시가 너무 쉽게 씌어진다는 ⑥에서의 고백은 자기하대와 그의 삶에 있어서의 고통의 깊이를 부여준다.

⑦은 만 24년 1개월이라는 젊은 날에 대한 반성과 자신에 대한 회의를 보여준다.

결국 윤동주 시에 나타나는 '부끄러움'이란 타자의식의 출현으로 인한 원죄의식이 시대적 지식인으로서 느끼는 속죄의식으로 승화되어 나타나고, 이것이 그가 부끄러움의 인식에서 좀더 적극적으로 저항하는 길, 즉 "십자가의 길'로 나아가는 것으로 전개된다.

Ⅲ. 십자가의 길

'십자가의 길'은 기독교의 본질이다. 이 길은 예수가 걸어간 길로, 생명에 이르는 죽음의 길이다. 즉, 이 길은 처음에는 수치와 고난의 길이지만 그것은 완전한 사랑의 행위로서 예수의 제자라면 누구나 원하는 길이기도 하다. "아무든지 나를 따라 오려거든 자기를 부인하고 자기 십자가를 지고 나를 좇을 것이니라."[14] 고 성서는 말하고 있다. 십자가에서 죽은 자는 버림을 받고 축출을 당하고 고난을 당하고 죽은 자다. 그리고 "나를 좇으라"[15]는 것은 자신의 제자들을 향한 예수의 부름인 동시에 지상명령이기도 하다. "그리스도의 부름은 예외 없이 먼저 죽음에 인도한다. 처음 제자들같이 집과 직업을 버리고 따라나서던 루터처럼 수도원을 떠나 속세에 다시 돌아오던 한 번의 죽음, 예수 그리스도 안에서의 죽음, 예수의 부름에 의한 옛 사람의 죽음이 우리를 기다리고 있다."[16]

⑧
하얗게 눈이 덮이었고
전신주가 잉잉 울어
하나님 말씀이 들려온다.

무슨 啓示일까.
　　　　　　　　　－「또 太初의 아침」 뒷부분에서(1941.5.31)

　　이 시는 어두운 시대상황 속에서의 예수의 부름을 인식하는 자아상이 잘 나타나 있다. 이것은 십자가를 짊어지기 전의 당시 신앙인으로서의 고뇌하는 像을 잘 보여준다. 이처럼 십자가의 길이란 그 당시의 시대상을 고려할 때 무서운 길이라고 말할 수 있다.

---

14) 마가복음 제 8장 34절.
15) 마가복음 제 2장 14절.
16) Dietrich Bonhoffer, 『나를 따르라』, 허혁 역, 大韓基督敎書會, 1987, 73면.

⑨

슬퍼 하는자는 복이 있나니
슬퍼 하는자는 복이 있나니
슬퍼 하는자는 복이 있나니
슬퍼 하는자는 복이 있나니
슬퍼 하는자는 복이 있나니
슬퍼 하는자는 복이 있나니
슬퍼 하는자는 복이 있나니
슬퍼 하는자는 복이 있나니
너희가 영원히 슬플 것이요

―「八福」

이 시는 '마태 福音 五章 三 ― 一二라는 부제가 붙어 있는 예수의 산
상수훈인제, 여기서 윤동주의 역사관을 볼 수 있다.

심령이 가난한 자는 복이 있나니 천국이 저희 것임이요 애통하는 자
는 복이 있나니 저희가 위로를 받을 것임이요 온유한 자는 복이 있나니
저희가 땅을 기업으로 받을 것임이요 의에 주리고 목마른 자는 복이 있
나니 저희가 배부를 것임이요 긍휼히 여기는 자는 복이 있나니 저희가
긍휼히 여김을 받을 것임이요 마음이 청결한 자는 복이 있나니 저희가
하나님을 볼 것임이요 화평케 하는 자는 복이 있나니 저희가 하나님의
아들이라 일컬음을 받을 것임이요 의를 위하여 핍박을 받은 자는 복이
있나니 천국이 저희 것임이라.(마태복음 5장 3절~10절)

성서에서 말하는 8복― 심령의 가난, 애통, 온유, 의, 긍휼, 청결, 화
평, 의― 이 윤동주의 시각에서는 슬픔이라는 의미로 환원되고 있다.
즉, 윤동주에게 있어서 역사란 '슬픔'이라는 고통의 의미를 벗어날 수

없다는 것이다. 그러기에 그는 고통으로서의 역사를 숙명적인 것으로 받아들이고 있다. 그렇다면 이런 고통으로서의 역사를 윤동주는 기독교적인 관점에서 어떻게 극복해 나가는지 살펴 보기로 한다.

⑩
거 나를 부르는것이 누구요.

가랑잎 이파리 푸르러 나오는 그늘인데,
나 아직 여기 呼吸이 남아 있소.
한번도 손들어 보지못한 나를
손들어 표할 하늘도없는 나를

어디에 내 한몸 둘 하늘이 있어
나를 부르는 것이오

일을 마치고 내 죽는날 아침에는

서럽지도 않은 가랑잎이 떨어질텐데……

나를 부르지마오.
— 「무서운 시간」 전문(1941.2.7)

이 시는 예수의 겟세마네 기도를 연상케 한다. 예수는 엄청난 사건 앞에서 자신에게 다가온 "잔이 지나가기"[17]를 간구하였다. 그러나 그가 그 잔을 마셨을 때, 비로소 그 잔은 그를 지나갔다. 당하는 것으로 고난은 극복되고 그는 승리한 것이다.

---

17) 마태복음 제 26장 39—42절.

십자가는 곧 십자가의 극복이다. 고난은 당해야 그 고난이 지나간다. 윤동주 역시 제물이 되기에 앞서 식민지 하에서의 그를 보는 神과 우리 민족과 일제라는 타자 의식이 출현함과 함께 부끄러움을 인식하고, 또 그런 상황에서 예수와 같은 무서운 결단의 시간을 의식하기에 이른다. 그 길은 일제의 탄압 속에서의 민족의 부름에 대한 지식인으로서, 신앙인으로서 그가 할 수 있는 최선의 길, 곧 神에 대한 응답의 길이다. 이러한 시대상황에서 윤동주의 갈등과 방황은 「십자가」(1941.5.31)에 이르러 더욱 심화되고 있다.

⑪
쫓아오는 햇빛인데
지금 敎會堂 꼭대기
十字架에 걸리었읍니다.

尖塔이 저렇게도 높은데
어떻게 올라갈수 있을까요.

鍾소리도 들려오지 않는데
휘파람이나 불며 서성거리다가,

괴로웠든 사나이,
幸福한 예수 · 그리스도에게
처럼
十字架가 許諾된다면

목아지를 드리우고
꽃처럼 피어나는 피를

어두어가는 하늘 밑에
조용히 흘리겠읍니다.

  이 시는 '십자가의 길'을 향한 자신의 의지를 잘 표명한 작품이다.
"鍾소리도 들려오지 않는" 시대에 "尖塔(자신이 지향하는 바-필자)
이 저렇게도 높은데" 그는 번민하고 방황을 거듭한다. 그러나 그는
"十字架가 許諾된다면", "꽃처럼 피어나는 피를 /어두어가는 하늘 밑
에/ 조용히 흘릴" 것을 결심하게 된다. 여기서 십자가란 죽음을 의미한
다. 십자가를 짊어지기 이전에 괴로웠던 사나이란 인간 예수이고, 십
자가를 짊어진 후 승리한 이는 그리스도를 뜻한다. 결국, 윤동주는 십
자가가 수치가 아니라 짊어지는 자에게는 축복의 길임을 자각하기에
이른 것이다. 이것이 식민지 지식인으로서의 민족적 사명의식과 신앙
인으로서의 종교적 양심이 복합된 상태, 즉 부끄러움을 느낀 자로서
그 갈등 해소를 위해 그가 도달해야 하는 지점, 즉 순교자의 길로 가게
된 것이다. 이런 '십자가의 길'에 대한 인식은1934년 12월 24일에 쓴
「초 한 대」에서부터 싹이 텄다고 볼 수 있다.

  ⑫
  초 한 대-
  내방에 품긴 향내를 맡는다.

  光明의 祭壇이 무너지기전
  나는 깨끗한 祭物을 보았다.

  (중략)

暗黑이 창구멍으로 도망한

나의 방에 품긴

祭物의 위대한 좁내를 맛보노라.

　여기서 "깨끗한 祭物"이란 세상 죄를 지고 가신 희생제물로서의 예
수이다. 윤동주 역시 자신을 어린 양 예수처럼 민족의 제단, 인류의 제
단 위에 오를 깨끗한 제물로 보았고, 그런 시대적, 역사적 상황 속에서
자신이 가야 할 길을 일찍이 감지한 것으로 보인다. "이제 새벽이 오면
/ 나팔소리 들려 올게외다.(「새벽이 올때까지」(1941.5))란 싯구를 보
면 감격스런 조국의 광복을 종교처럼 믿고 있는 그의 굳은 신념이 엿
보인다. 즉 이 시에서는 식민지적 어둠에 대처하는 젊은이의 미래에
대한 의지가 보인다. 그러나 "내 괴로움에는 理由가 없다.//……//시대
를 슬퍼한 일도 없다." (「바람이 불어」(1941.6.2))라는 시에서는 적극
적으로 대항하지 못한 데 대한 자책이 보인다. 그렇기 때문에 "人生은
살기 어렵다는데/詩가 이렇게 쉽게 씨워지는 것은/부끄러운 일"이라
고 고백하는 단계에 이르고 결국 "時代처럼 올 아침을 기다리는 最後
의 나"로서 "나는 나에게 젖은 손을 내밀어/눈물과 慰安으로 잡는 最
初의 握手"를 한다. 이 시가 1942년 6월 3일 쓴 그의 마지막 작품으로
보이는 「쉽게 씌어진 詩」다. 결국 윤동주는 예수처럼 스스로 십자가를
짊어질 것을 결심하여 스스로 속죄양(scape-goat)이 된 것이다. 여기
에서 철저한 그의 기독교적인 정신을 볼 수 있다. 이것이 그가 지금까
지 수많은 독자들에게 칭송받고 있는 이유이다.

　임헌영은 저항의 특징을 ① 단체 · 비밀 결사 등 지하운동에 직접 가
담하는 경우, ② 일시적인 의무 · 지원 등으로 저항운동에 참여하는 이
유, ③ 순수한 정서적인 저항으로 나누었는데, 제①형에는 만해와 육

사, 프로문학 계열의 몇몇을, 제②형에는 이상화를 그 대표시인으로 들었고, 김소월과 함께 윤동주의 저항적 계보를 제③형에 속한다고 보고 있다. 그리하여 윤동주의 시세계가 가진 저항정신을 간도 조선인의 정서와 식민지 조선인의 서정을 노래하고, 또한 복고주의를 극복하여 새 시대의 민족적 정서를 노래했다[18]고 보았다.

그러나 필자는 가정환경과 학교생활에서 비롯된 기독교 신앙에 의거해 윤동주의 시세계를 기독교적 정신에 입각한 민족적 저항으로 보고자 한다. 그러므로 윤동주 문학에 있어서의 기독교 정신은 '십자가의 길'을 통해서 구현되고 있다. 이러한 '십자가의 길'로 나아간다는 것은 자기 헌신, 자기희생이라는 무한한 사랑과 용서를 내포하는 절대적인 사랑의 행위이며, 장차 부활이라는 희망에 이르기 위한 여정이라는 점에서 기독교의 핵심이라 할 수 있다.

IV. 결론

윤동주의 시는 식민지 하에서 그를 보고 있는 神과 조선민족, 그리고 일제라는 타자의식이 출현함으로써 느끼는 '부끄러움'이 원죄의식에서 속죄의식을 지향하여 '십자가의 길'로 나아간 것이라고 결론지을 수 있다.

정병욱은 "그의 詩는 조국의 문학사를 고치게 하였고, 조국의 문학을 세계적인 물줄기 속으로 이끌어 넣는데 자랑스런 힘이 되었다. 독재와 억압의 도가니 속에서 가냘픈 육신에 의지한 항거의 정신, 아니 인간으로서의 처음이자 마지막의 권리이며 재산인 자유를 지키고자

---

18) 임헌영, 「순수한 고뇌의 절규」, 『윤동주 연구』, 472−478면.

죽음을 걸고 싸운 레지스탕스의 문학이 어찌 유우롭의 지성인들에게만 허락된 특권일 수 있었으랴!…… 원수의 땅위에서 마지막 숨을 거둔 殉節의 詩人 尹東柱.…… 日帝末期의 조국의 문학사를 빛나게 하는 역사적 詩人으로서 움직이지 못할 자리를 잡게 되었고"[19] 라고 말하고 있다.

결국 윤동주 시인은 기독교적인 정신의 바탕 위에서 민족적 저항을 하다가 죽어간 시인이라고 칭할 수밖에 없다. 물론 그는 기독교적인 분위기에서 태어나고 자라난 가운데 기독교적인 정신이 깊이 체질화되어 있고, 그의 시를 평할 때 그의 삶에 의거한 기독교적 정신이 깔렸다고 보는 게 주지의 사실이다. 그러나 시인의 삶과 시를 분리해서 평가해 본다 하더라도 앞에서 논한 시 자체에서 기독교적 정신이 충분히 담긴 시임을 알 수 있다. 이런 점에서 그의 시는 암흑기 시대에 살면서 미래를 내다보며 쓴 젊은이의 '희망의 시학'으로 평가받을 만하며 그의 죽음 또한 후손들에 의해 혹은 우리 문학사에 길이 빛나는 영광을 안고 있다고 할 수 있다.

19) 鄭炳昱, 『하늘과 바람과 별과 詩』(正音社, 1955)의 後記. 199-204면.

■ 제5장 ■ 김현승 시에 나타난 고독의 의미

Ⅰ. 서론

　김현승의 시세계는 크게 3기로 구분한다. 제 1기는 양주동의 추천을 얻어 동아일보에 두 편의 시(「쓸쓸한 겨울 저녁이 올 때 당신들은」, 「어린 새벽은 우리를 찾아온다 합니다」)를 발표한 때(1934. 5. 25)로부터 해방 직후까지이며, 제 2기는 해방 이후부터 65년까지, 제 3기는 65년 이후 타계할 때까지이다.[1]

　제 1기에 그는 자연에서 美의 세계를 추구하면서 당시 상황을 기지와 풍자, 유머로 직조했다. 한때 시어 속에서 번뜩이는 주지 때문에 모더니스트 시인이란 평을 받기도 했다. 그러나 일제 하에서 생활에 쫓겨 제대로 시세계를 펴지 못한 채 긴 침묵을 지키다가 조국 해방을 맞이했다.

　제 2기에 오면 그는 자연의 세계에서 인간의 세계로 눈을 돌린다. 그

---

1) 「전남매일신문」(1976.3.19).
　숭실어문학회 편, 『다형 김현승 연구』, 보고사, 1996, 456에서 재인용.

리하여 천상보다는 지상을 노래하고 인간의 내면세계를 추구한다. 그런데 김현승은 목사 가정에서 태어나 철저한 기독교적인 영향 하에서 성장하고 그 세계를 고수해 오다가 50대에 이르러 그 신앙에 회의를 느끼기 시작한다.

제3기에 오면 그는 인간의 본질인 고독을 발견하고, 신을 잃어버린 고독을 노래한다. 하나의 사건 이후 그는 종교에로 절대귀의하게 되는데 생전에 왜 그토록 고독 속에서 살고, 이 세계를 추구했는지, 또 그 고독의 의미는 무엇인지 필자는 본고에서 탐색해 보고자 한다. 그 고독은 예수 그리스도를 믿는 시인의 신앙과는 어떤 관계를 맺고 있는지도 아울러 살펴 보기로 한다.

필자는 『金顯承全集 1·詩』(시인사, 1985)를 기본 텍스트로 하여 그것을 살펴본 바, 김현승이 즐겨 쓴 시어 몇 가지를 추출해 보았다. 자연세계에 관심을 둔 초기시는 본고에서 논외로 한다. 그의 시에 가장 많이 등장하는 시어는 '눈물'로 무려 51수에 나타나 있고, 다음으로 '보석'이 41수, '까마귀'[2]라는 시어가 18수, 그의 시의 정수라고 여겨지는 '고독'[3]은 11수에 이르고 있었다.

─────────────

2) 『새벽 敎室』에서는 3수(「쓸쓸한 겨울 저녁이 올 때 당신들은」, 「어린 새벽은 우리를 찾아온다 합니다」, 「까마귀」)에, 『擁護者의 노래』에서는 6수(「내 마음은 마른 나뭇가지」, 「가을의 祈禱」, 「가을의 詩」, 「無等茶」, 「薄明의 남은 시간 속에서」, 「一九六〇년의 戀歌」)에, 『堅固한 고독』에서는 3수(「겨울 까마귀」, 「가을이 오는 달」, 「詩의 겨울」)에, 『絶對고독』에서는 1수(「未來의 날개」)에, 『날개』에서는 4수(「산까마귀 울음소리」, 「재」, 「겨울 寶石」, 「落葉以後」)에, 『마지막 지상에서』는 1수(「마지막 地上에서」)에 나타나고 있어, 도합 18수에서 그 시어를 찾아볼 수 있다. ─『金顯承全集 1·詩』(시인사, 1985)

3) '고독'이라는 단어는 이면적으로 고독을 암시하는 구절도 꽤 있었으나, 본고에서는 이들을 제외하고 고독이라는 단어가 직접적으로 나타나는 것만 취급하였다. 『擁護者의 노래』에서 1수(「인간은 고독하다」), 『堅固한 고독』에서 1수(「堅固한 고독」), 『絶對고독』에서는 8수(「고독」, 「고독의 風俗」, 「군중 속의 고독」, 「고독의 純金」, 「絶對고독」, 「고독의 끝」, 「고독한 싸움」, 「고독한 이유」)로, '고독'이라는 단어가

여기에서 필자는 '눈물'과 '보석'은 논외로 하고, 신앙인으로서 그가 2기에 이르러 왜 신을 잃은 고독을 노래했으며, 그 고독의 의미는 무엇이며, 또한 그것을 형상화한 '까마귀'의 상징의미와 함께 이들은 어떤 관계에 놓이는지를 함께 연결시키면서 풀어나가고자 한다.

II. 고독의 의미

김현승은 기독교적인 가정에서 출생, 성장하면서 신을 노래하는 가운데서도 고독의 싹을 2시집부터 보이고 있다. 인간은 본질적으로 고독한 존재이며, 인간으로서 살아가는 동안 고독을 지키는 것은 인간의 의무이기도 하다. 김현승은 이것을 깨달아 "인간은 고독하다!"고 다음의 시에서 노래하고 있다.

> 나로 하여금
> 세상의 모든 책을 덮게 한
> 최후의 지혜여,
> 인간은 고독하다!
>
> 우리들의 꿈과 사랑과
> 모든 광채있는 것들의 熱量을 흡수하여 버리는
> 최후의 언어여,
> 인간은 고독하다!
> 슬픔을 지나

아예 시 제목으로 드러나는 경우가 허다하였다. 그리고 『날개』에서는 1수(「事實과 慣習―고독 이후」),도합 11수에 고독이란 단어가 나타나고 있음을 알 수 있다.―앞의 책.

공포를 넘어
내 마음의 출렁이는 파도 같이 가라앉은
아지 못할 깨어진 중량의 침묵이여,
인간은 고독하다!

……(중략)……

가장 아름답던 꿈들의
마지막 책장을 넘기며
우리는 깨어진 보석들의 남은 광채를 쓸고 있는
너의 검은 그림자를 바라본다.
그리하여 모든 遍歷에서 돌아오는 날 우리에게 남은 진리는
저녁 일곱시의 저무는 육체와
原罪를 끌고 가는 영혼의 牛馬車,
인간은 고독하다!

……(중략)……

나로 하여금
세상의 모든 책을 덮게 한 고독이여!
비록 우리에게 가브리엘의 성좌와 사탄의 모든 저항을 준다 한들
만들어진 것은 고독할 뿐이다!
인간은 만들어졌다!
무엇 하나 이 우리들의 意志 아닌,

이 간곡한 자세―이 절망과 이 구원의 두 팔을
어느 곳을 우러러 오늘은 벌려야 할 것인가!

―「인간은 고독하다」⁴⁾

그는 그동안 자신의 전부였던 신과 기독교에 회의를 느끼게 되면서 점점 인간에 대한 이해와 동정으로 기울어지게 된다. 그래서 그는 천국에서 지상으로, 신에서 인간으로 점점 갈등을 느끼기 시작한다. 이 내부의 변혁을 다룬 시가 「題目」인데, 이는 그의 정신적인 성장과정에서 아주 중요한 작품으로 간주된다. 그리하여 그는 중기까지 유지하여 오던 단순한 서정의 세계를 떠나 신과 신앙에 대한 변혁을 내용으로 하는 관념의 세계에 발을 들여 놓게 된다. 여기서부터 그의 고독의 세계는 펼쳐지기 시작한다.

> 떠날 것인가
> 남을 것인가.
>
> 나아가 화목할 것인가
> 쫓김도 당할 것인가.
>
> ……(중략)……
>
> 허물을 지고 갈 것인가
> 허물을 물을 것인가.
>
> ……(중략)……
>
> 어떻게 할 것인가,
> 끝장을 볼 것인가
> 죽을 때 죽을 것인가.

---

4) 앞의 책, 126—128면.

무덤에 들 것인가
무덤 밖에서 뒹굴 것인가.

—「題目」의 일부5)

　　박정례는 "이 詩를 契機로 하여 金顯承의 詩世界에는 적지 않은 變化가 일어났다.…… 이 무렵을 前後로 해서 그의 詩는 뚜렷한 分水嶺을 이루게 되는데, 그것은 무엇보다도 神의 問題로부터 人間의 問題로, 卽物的인 感覺의 세계로부터 現實의 場으로 넘어오는 分岐點이었다."6)고 말하고 있다. 이 시를 계기로 김현승은 그의 '고독'에 대해 어떻게 접근해 들어갔는지 먼저 살펴보기로 한다.

　　　　1960년대에 이르러 나는 내게 있어 가장 절실하고 가치있는 것을 인간에 대한 어떤 해답과 그 본질적인 해답을 위한 추구하는 것으로 깨닫게 되었다. 그러면서 나는 그때부터 나의 시에 있어 '고독'을 추구하고 표현하게 되었다. 말하자면 나는 이때부터 비로소 한 사람의 시인이 되었다고 말할 수 있다. '고독'은 하나의 시인으로서 나에게 가장 절실하고 가장 가치있는 신앙과 관련된 문제였다.그러므로 내가 근년에 표현하는 고독은 나 자신과 유리된 문제가 아니고, 고독 그것이 바로 나 자신과 나와 같은 모든 인간과 밀착된 가치라고 할 수 있다. 그러므로 내가 지금까지 여러 가지 제목으로 쓴 고독의 시는 곧 나 자신의 표현이라고 단정할 수 있다.7)

　　여기서의 '고독'은 일단 신앙과 관련된 문제임을 알 수 있다.

---

5) 앞의 책, 165 – 166면.
6) 朴丁禮,「金顯承詩研究」,인하대박사논문, 1990, 125면.
7)「쓴다는 것의 의미」,『金顯承全集 2 · 散文』(시인사, 1985), 214면.

시는 사상보다 먼저 기질의 소산인 것도 알고 있다. 그러므로 나의 고독은 절망적인 고독은 아니다. 이를 테면 부모 있는 고아와 같은 고독이라면 궤변일 지 모르겠다. 또한 나의 고독은 키에르케고르같이 구원을 바라 신에게 벌리는 두 팔—마른 나뭇가지와 같은 고독은 아니다. 아직까지는 나의 시는 단지 고독을 위한 고독, 절망을 위한 절망이고자 한다.[8)]

그리하여 그의 시는 '기질의 소산'으로, 고독과 절망의 단계에 이르렀음을 보여주고 있다. 다음 글을 보면 김현승의 본질적인 고독을 더 잘 알 수 있다.

그것은 한마디로 신을 잃은 고독이다. 내가 지금까지 의지해왔던 거대한 믿음이 무너졌을 때에 허공에서 느끼는 고독이었다. 그러므로 나의 고독은 기독교와 밀접한 관련이 있는 고독이면서도 키에르케고르 등의 고독과도 다르다. 키에르케고르는 인간을 고독한 존재로 규정하였지만, 이 고독을벗어나기 위하여 팔을 벌리고 그리스도를 붙잡으려 하였다. 그러므로 키에르케고르의 고독은 궁극적으로는 구원에 이르기 위한 수단으로서의 고독이었다. 성경에서도 인간의 삶은 고독하고 허무하다고 그것을 아침에 피었다 저녁에 시들고 마는 들꽃에 비유하였다. 그러나 성경의 고독도 고독이나 허무로서 끝나는 고독은 아니고 신앙적인 구원을 얻기 위한 고독이었다.
그러나 나의 고독은 구원에 이르는 고독이 아니라, 구원을 잃어 버리는, 구원을 포기하는 고독이다. 수단으로서의 고독의 아니라 나의 고독은 순수한 고독 자체일 뿐이다. 그러므로 나의 고독이야말로 이 세상에서 가장 진정한 고독이다.[9)]

---

8) 「굽이쳐가는 물굽이같이」, 앞의 책, 264—265면.
9) 「나의 文學白書」, 앞의 책, 277면.

이리하여 그의 堅固한 고독은 바로 다음 작품들에서 구할 수 있다.

껍질을 더 벗길 수도 없이
단단하게 마른
흰 얼굴.

그늘에 빚지지 않고
어느 햇볕에도 기대지 않는
단 하나의 손발.

모든 神들의 거대한 正義 앞엔
이 가느다란 창끝으로 거슬리고,
생각하던 사람들 굶주려 돌아오면
이 마른 덕을 하룻밤
네 살과 같이 떼어 주며,

結晶된 빛의 눈물,
그 이슬과 사랑에도 녹슬지 않는
견고한 칼날―발 딛지 않는
피와 살.

뜨거운 햇빛 오랜 시간의 회유에도
더 휘지 않는
마를 대로 마른 木管樂器의 가을
그 높은 언덕에 떨어지는,
굳은 열매

쌉쓸한 滋養

에 스며 드는
에 스며 드는
네 생명의 마지막 남은 맛!

—「堅固한 고독」¹⁰⁾ 전문

이 시에서 고독은 "껍질을 더 벗길 수도 없이 / 단단하게 마른 / 흰 얼굴"로 나타나는가 하면, "결정된 빛의 눈물, / 그 이슬과 사랑에도 녹슬지 않는 / 견고한 칼날"을 의미하기도 하고, "네 생명의 마지막 남은 맛!"으로 깊은 의미를 띠기 시작한다.

제3시집 이후에도 그는 더욱 적극적으로 그 고독을 추구하여 그 절정이 「고독의 끝」과 「절대고독」에 나타나고 있다. 아무런 구원도 바랄 수없는, 바라지도 않는 고독이기에 그의 고독은 더욱 철저하게 된다.

거기서
나는
옷을 벗는다.

모든 황혼이 다시는
나를 물들이지 않는
곳에서.

나는 끝나면서
나의 처음까지도 알게 된다.

---

10)『金顯承全集 1·詩』, 159—160면.

神은 무한히 넘치어
내 작은 눈에는 들일 수 없고,
나는 너무 잘아서
神의 눈엔 끝내 보이지 않았다.

무덤에 잠깐 들렀다가,

내게 숨막혀
바람도 따르지 않는
곳으로 떠나면서 떠나면서,

내가 할 일은
거기서 영혼의 옷마저 벗어 버린다.

　　　　　　　　　　　　　　　　　　　－「고독의 끝」[11]전문

　김현승에게 있어서 고독은 신의 상실로부터 연유함을 앞에서 보았
다. 그에게 "神은 무한히 넘치"고, 그는 "너무 잘아서 / 神의 눈엔 끝내
보이지 않는다. 그는 여기에서 존재 의미를 상실하고 만다. 전에는 그
의 전부였던 神이 고독을 노래하는 단계에 오면, 아무 의미도 없는 존
재로 전락하고 만 것이다. 그때 그가 할 수 있는 일이란 "무덤에 잠깐
들"르는 것이다. 거기서 그는 "영혼의 옷마저 벗어 버린다.

　　그 어느 얼굴보다도
　　더욱 외롭고,
　　그 어느 손보다도

---

11) 앞의 책, 225면.

가장 깨끗한,

싸움의 한복판에서,

너는 사랑할 때보다도
더 아름답고,
너는 태어났을 때보다도
더욱 새롭다.

……(중략)……

너는 피와 같은 꿈을 흘린다
너는 이미 뜻은 아니다
너는 지금 꽃과 같이 피어 있다!

……(중략)……

지금 떠날 사람은 떠나 가고
남아야 할 남은
너는 오직 싸움이다!
오오, 네 안의 고독과 네 안의
뜨거운 사랑을 위하여 오직.

― 「고독한 싸움」12)

  그는 이제 고독한 싸움을 하고, 그 싸움의 한복판에 서 있다. 그의 고
독은 정직이며, 자유이며, 目的이다.(「고독한 이유」) 그는 고독의 한가

---

12) 앞의 책, 226―227면.

운데서 삶의 몸부림을 친다. 그렇다면 그에게 있어서 고독의 의미는 무엇인가?

그는 "神도 없는 한세상 / 믿음도 떠나, / 내 고독을 純金처럼 지니고 살아왔"다(고독의 純金」)고 고백한다. 그는 신을 노래하고 있는 것이다. 이 고독의 순금이야말로 다름 아닌 보석이요, 순금처럼 또한 썩지도 않는 것을 의미한다. 이제 그는 '절대고독'을 노래하기에 이른다.

> 나는 이제야 내가 생각하던
> 영원의 한 끝을 만지게 되었다.
>
> 그 끝에서 나는 눈을 비비고
> 비로소 나의 오랜 잠을 깼다.
>
> 내가 만지는 손끝에서
> 영원의 별들은 흩어져 빛을 잃지만,
> 내가 만지는 손끝에서
> 나는 내게로 오히려 더 가까이 다가오는
> 따뜻한 체온을 새로이 느낀다.
> 이 체온으로 나는 내게서 끝나는
> 나의 영원을 외로이 내 가슴에 품어 준다.
> 그리고 꿈으로 고이 안을 받친
> 내 언어의 날개들을
> 내 손끝에서 이제는 티끌처럼 날려 보내고 만다.
>
> 나는 내게서 끝나는
> 아름다운 영원을
> 내 주름잡힌 손으로 어루만지며 어루만지며

더 나아갈 수도 없는 나의 손끝에서
드디어 입을 다문다 —나의 詩와 함께.

—「절대고독」¹³⁾ 전문

이와 같이 그는 인간이 신과 사회로부터 단절되면서 발생된 고독을 '堅固한 고독', '絶對고독'이라고 판단한다. 특히 그는 신과의 단절된 관계에서 오는 고독을 '形而上學的 孤獨'¹⁴⁾이라고까지 한다.

또한 다음의 대담에서는 김현승의 고독의 의미가 더 잘 드러나고 있다.

초기시에서부터 그 흔적을 보이던 '고독'은 70년을 전후하여 그 절정을 이루고 있다. 「절대고독」은 고독의 최후의 단계이며 그것이 영혼으로 이어지는 순간이기도 하다. 여기서 말하는 '영원'이란 그러나 기독교적 가치기준에서의 영원이나 무한, 내세의 의미만을 가리키는 것이 아니다. 그것은 시적이라기보다는 오히려 인간적인 사유로서의 영원성에 더 가깝다.¹⁵⁾

나는 지금 신을 떠나 있어요…… 내가 말하는 '고독'은 기독교와 관련된 거예요. 그가 신을 떠나있기 때문에 오는 고독이예요. 지금까지는 신을 절대적으로 의존하고 모든 것을 신에게 돌려 왔는데, 그걸 지금 내가 떠난 그걸 지금 내가 떠난데서 오는 고독입니다. 그것이 지금은 절대의 경지에까지 나를 몰고 갔지요.…… 지금은 신을 완전히 떠나 있어요. 신을 떠나고 보니까 의—지할 데가 전혀 없어요. 그러니, 고독할

---

13) 앞의 책, 224면.
14) 곽광수, 「사라짐과 영원성」, 『김현승』, 지식산업사, 1982, 277면.
   신익호, 『기독교와 한국 현대시』, 72면에서 재인용.
15) 이성부, 「金顯承 선생의 生涯와 文學」, 『孤獨과 詩』, 지식산업사, 1977, 361면.

수밖에 없어요.……신 없는 절대고독의 상태에 빠져 있는 거지요. 그런 의미의 고독이지요.……「절대고독」에 잘 나타나 있어요. 지금까지 나는 '무한'이라든가 '영원'을 믿었어요. 그런데, 그게 한계에 부닥쳐 버렸어요.'무한'이나 '영원'이 없어요. 그러니, 남는건 '나'밖에 없는데 '나' 자신 언젠가 한계가 있을 것 아녜요.16)

인용된 부분은 그 정도는 덜하지만, 마치 십자가상에서의 예수의 절규를 연상시킨다. 신의 유일한 아들인 예수는 철저하게 신에게 버림받는다.17) 결론적으로 버림받은 예수가 십자가18)상에서의 七言을 마치고 사흘만에 부활하여 인류를 구원의 길로 이끌었음은 누구나 다 아는 사실이다.

김현승 역시 마찬가지로 신 없는 절대고독의 경지를 토로한다. 정신적으로 의지할 데라곤 아무 곳도 없고, 의지할 이 하나 없다. 결국 김현승에게 있어 고독이란 "神에의 길이며, 필경 神이란 고독으로서만 해후할 수있는 것이고, 따라서 고독은 '그를 불행한 함정이 아니라 詩의 진실 속에 想像力의 十字架'19)라 할 수 있다. 김현승의 고독의 진정한

---

16) 김우규, 「文學과 神學의 경계」, 『기독교사상』152호, 1971.1.
17) 예수가 당도한 곳은 "바닥 없는 나락(bottomless perdition)"일 수도 있고, "나 자신이 지옥이다.(myself hell)"일 수도 있다. -김용, 『'잃어버린 낙원'과 유토피아』, 한신문화사, 1996, 20면, 143면.
18) 福音은 그리스도 안에서 하나님의 말씀이 되시었다는 사실이다.(요 1:4, 빌2:6) 그런데 이 福音의 中心은 그리스도의 聖肉身과ㅏ 十字架와 復活에 있다. -柳東植, 『韓國宗敎와 基督敎』, 大韓基督敎書會, 1965(1995), 162-171.
여기서 십자가 사건은 하나님의 침묵이라고 할 수 있다. 기독교의 상징인 십자가는 수직과 수평의 만남으로 이루어지는데, 수직축은 하나님과 인간의 관계를, 수평축은 인간과 인간의 관계를 따라서 예수의 십자가상에서의 죽음은 하나님과의 관계 뿐만 아니라 인간과의 관계를 회복시켰다고 할 수 있다. 속죄는 하나님의 사랑에서 나온 사랑의 표현이다. 결국 십자가의 사건은 인간을 향항 신의 사랑의 표시인 것이다.
19) 원형갑, 「김현승 시인의 고독」, 『수필문학』, 1976.6, 16.

의미는 여기에 있는 것이다. 그 역시 예수와 마찬가지로 십자가를 짊어진 것이다. 물론 성격상의 차이는 있다. 예수에게 있어서 고독이 인류를 죄에서 구원하기 위한 것이라면, 김현승에게 있어서 고독은 시를 씀으로써 얻게 되는 일종의 구원이라 할수 있다.

우리는 누구나 한계적 상황에 처할 수 있다. 그때 인간은 구원자와의 해후를 갈구한다. 구원자가 도래하면 인간은 구원을 받았다는 데서 생의 의욕을 갖게 되고, 특히 시인인 경우에는 시인으로서의 본연의 모습을 찾게 된다. 이때 시인에게 있어서 중요한 점은 시 자체가 구원이라는 것이다. 시인은 시를 씀으로써 카타르시스화된 어떤 경지에 이르게 되고 자기 자신과의 참된 모습과 만나며 시인으로서 자기 완성의 길에 이르게 된다.

김현승은 신을 사랑(「눈물」, 「가을의 祈禱」)하면서도 신을 회의(「題目」)한 변증법적 신앙의 태도를 보이면서 고독을 토로했는데 그의 고독의 극복은 자아와 신과의 관계, 나아가서는 대타자(神 ─필자)와의 관계를 회복하는 것[20]이라 할 수 있다. 결국 김현승에게 있어서 고독이란 신앙과 회의가 교차하면서 갈등을 일으키는 과정 자체를 전부 포함한다고 볼 수 있다. 후에 그의 「마지막 地上에서」에 이르면 평화로운 나라에 당도하고자 하는 그의 구원의지를 엿볼 수 있다. 이처럼 김현승의 고독추구는 절대신앙에 이르기 위한 하나의 과정이었다고 볼 수 있다. 다시 말하자면 그의 고독은 신앙의 세계를 떠나기 위하기 위한 것이 아니라 더 깊은 신앙으로 되돌아오기 위한 것, 즉 宗敎意識의 발전적 지향으로서의 고독[21]이라고 할 수 있다.

姜信珠, 「韓國現代基督敎詩硏究」, 숙명여대박사논문, 1991, 54─55에서 재인용
20) 신익호, 「시의 언어」, 『문학과 종교의 만남』, 한국문화사, 1996, 17면.
21) 姜信珠, 앞의 논문, 54면.

그는 이 고독을 갈고 닦다가 1973년 3월 둘째 아들의 결혼식 후 고혈압으로 졸도한다. 그 일이 있은 후 이를 하나님이 역사하신 사건으로 인식하여 신앙에로 회귀한다. 1975년 4월 11일, 채플 시간에 기도하다가 졸도하여 자택으로 옮겨져 돌아가시기까지 신과의 만남 속에서 운명하였다고 볼 수 있다. 곧 "기도를 하면서 세상을 떠난 것은 확실히 그의 긴 정신적 방황을 마무리짓는 상징적 죽음[22]이라고 할 수 있다.

> 아는 것은 神
> 알려는 것은
> 人間이다.
>
> 마침내 알면
> 神의 탄생 속에서
> 나는 죽어 버린다.
>
> 사랑은 神
> 사랑하는 것은
> 人間이다.
>
> 人間은
> 名詞보다
> 動詞를 사랑한다.
> 나의 움직임이 끝날 때
> 나는 깊은 辭林 속에서
> 그러기에 핏기 없는 名詞가 되고 만다.

---

22) 최하림, 「시와 고독」, 『다형 김현승 연구』, 277면.

아는 것은 神
알려는 것은 人間이다.
알려는 슬픔과
알아 가는 기쁨 사이에서
나는 끝없는 길을 간다.
나의 길이 끝나는 곳은
나를 끝내고 만다.

—「人間의 意味」[23)]

　이 시에 이르면 일반적으로 우리가 알고 있는 '神이 사랑'이 아니라 '사랑이 神'이라는 대목에 이른다. 2연에서 "알면" 神은 탄생하고, 그 속에서 나는 죽어 버린다고 하고 있다. 여기서 '안다'는 의미를 살펴볼 필요가 있다. 불어로 voir(보다), avoir(가지다), savoir(알다), pouvoir(~할 수 있다)에 공통적으로 들어 있는 부분은 'voir'이다. 본 만큼 가지게 되고, 알게 되고, 무언가를 할 수 있다는 의미가 담겨 있다. 안다는 것은 지식을 뜻한다. 지식은 곧 권력과도 관계가 있다. "마침내 알면 / 神의 탄생 속에서 나는 죽어 버린다." 예수가 십자가상의 7언을 남기고 눈을 감기 직전에 느꼈던 깨달음, 김현승도 뒤늦게 그것을 깨달은 것 같다.

　3연에 오면, "사랑은 神"이라는 고백을 하기에 이른다. 2연에서 알면 죽게 되고, 3연에서 그 죽음은 참된 사랑의 의미를 알기에 이른다. 그러기에 사랑과 죽음은 긴밀한 관계에 놓여 있음을 알 수 있다. 죽음은 사랑을 탄생시킨다. 이제 사랑은 神이며, 사랑하는 것은 人間이다.

　4연에 이르면, 人間은 명사보다 동사를 더 사랑한다고 하고 있다. 사

---

23)『金顯承全集 1・詩』, 282면.

랑하는 것은 동사다. 인간은 끊임없이 움직이면서 사랑을 확장시켜 나
간다. 움직임이 끝나면, 나는 핏기 없는 명사가 되고 만다.

그러기에 5연에서 시인은 다시 노래한다. "아는 것은 神 / 알려는 것
은 인간"이라고. 알려는 슬픔과 알아가는 기쁨 사이에서 시적 화자는
끝없는 길을 간다. 이것이 우리 人間인 것이다.

김현승은 그가 죽기 한 달 전에 발표한 「復活節에」라는 시에서 다음
과 같이 읊고 있다.

> 당신의 핏자욱에선
> 꽃이 피어 ― 사랑의 꽃이 피어
> 따 끝에서 따 끝에서
> 당신의 못자욱은 우리를 더욱
> 당신에게 열매 맺게 합니다.
>
> 당신은 지금 무덤 밖
> 온 천하에 계십니다. ― 두루 계십니다.
>
> 당신은 당신의 손으로
> 로마를 정복하지 않았으나,
> 당신은 그 손의 피로
> 로마를 물들게 하셨읍니다.
>
> 당신은 지금 유태인의 옛 수의를 벗고
> 모든 四月의 棺에서 나오십니다.
>
> 모든 나라가
> 지금은 이것을 믿습니다.

증거로는 증거할 수 없는 곳에
모든 나라의 합창은 우렁차게 울려 납니다.

해마다 三月과 四月 사이의
훈훈한 땅들은,
밀알 하나이 썩어서 다시 사는 기적을
우리에게 보여 줍니다.
이 파릇한 새 목숨의 筍으로……

—「부활절에」²⁴⁾ 전문

　마지막 경지에서 김현승 시인은 이 시를 썼다. 죽기 열흘 전에 시인은 고독 저편의 세계, 즉 인생의 의미를 깨달아 모든 걸 태어나기 전 상태로 돌리려는 것 같다. 이미 원숙한 한 인간으로서, 신앙인으로서, 시인으로서 그는 죽음 너머의 세계를 보아버린 것은 아닐까? 그래서 눈을 감은 것은 아닐까? 사랑의 꽃이 피어 당신이신 예수그리스도가 부활한다.(「復活節에」) 밀알 하나이 썩어서 죽는 것은 "다시 사는 기적"을 불러 일으키고, 당신은 "모든 四月의 관에서" 나온다.

아직 뺨이 고운 아이들은
해바라기 모양한 둥근 해를,

햇병아리 나이한 시악씨들은
유리창에 대고
異國種 푸른 속눈썹을

---

24) 앞의 책, 343면.

데모에 나섰던 청년들은
아직도 아물지 않은
後頭部의 만문한 살을

그리고

아침 테이블 위에
차를 나르는
유리벽의 높다란 거리에선
옥수수 튀김은 불어나면 터지기 마련이다.

사는 것은 바다라고
産兒制限에서 빠뜨린 사촌들은
그럴싸하게 그리고

노인들은 白紙에다 애오라지
白紙를 그린다.

너는?
나야 그냥 白紙를 들어 눈을 가리울 수밖에.

—「白紙」[25]전문

　이 시에서 노인들은 '白紙'에다 애오라지 '白紙'를 그린다. 이제 너
는 나다. 그 나는 "그냥 白紙를 들어 눈을 가리우"는 행위를 할 수밖에
없다. 앞에서 대타자란 神이라고 보았는데, 여기에 이르면 대타자가
人間으로 인식이 바뀐다. 아이들(1연), 시악씨들(2연), 청년들(3연), 사

25) 앞의 책, 365면.

촌들(6연), 노인들(7연). 왜 '나는 너'가 아니라 '너는 나'일까? 이것이
김현승 시인의 마지막 시세계다. 이게 마지막 연(8연)에 오면, 앞에서
(1—7연) 인간을 나타내는 대타자가 나로 인식하게 된다. 이 대타자인
나는 모든 것을 봐(알아) 버린 것일까? 그러기에 "나야 그냥 白紙를 들
어 눈을 가리울 수밖에" 없는 것일까? 더 이상 보지 않아도 되는 경지
에 이르게 됐기에 시인은 눈을 감아도 된 것일까? 이렇게 본다면, 김현
승 시인은 죽기까지 動詞의 인간으로 산 분임을 알 수 있다. 마지막 병
상에서까지 "白紙를 들어 눈을가리우"는 행위를 함으로 우리에게 주
인의 깨달음을 전하려는 사랑의 실천, 곧 시인의 삶을 보여주고 있다.

III. 까마귀의 상징의미

김현승은 '고독'을 노래하는 데 있어서 데뷔작에서부터 '까마귀'를
등장시킨다. 여기서 필자는 그가 말하는 '까마귀'의 상징의미가 무엇
인지 파악해 보기로 한다. 그의 고백을 보면 , '까마귀'는 "하늘의 유랑
시인", "침묵의 새", "기쁨과 을 초월한 거친 소리로 울고 가는 광야의
시인", "주검의 빛깔을 두르고 주검을 노래하는 새"[26)를 의미한다.

영혼의 새.

매우 뛰어난 너와
깊이 겪어 본 너는
또 다른.

---

26) 「겨울 까마귀」, 앞의 책, 397—399면.

참으로 아름다운 것과
호올로 남은 것은
가까와질 수도 있는,
언어는 본래
침묵으로부터 고귀하게 탄생한,

……(중략)……

내가 十二月의 빈 들에 가늘게 서면,
나의 마른 나무가지에 앉아
굳은 책임에 뿌리 박힌
나의 나무가지에 호올로 앉아

저무는 하늘이라도 하늘이라도
멀뚱거리다가,

벽에 부딪쳐
아, 네 영혼의 흙벽이라도 덤북 물고 있는 소리로,
까가욱—
깍—

—「겨울 까마귀」[27]

그의 시에 등장하는 '갈까마귀', '산까마귀', '검은 까마귀', '겨울 까마귀' 등의 이미지는 한마디로 시인의 자화상이라고 할 수 있다. "우리가 아무리 많은 시를 쓴들, 아니 내가 아무리 많은 시를 평생에 내어뱉은들 그것들의 겨울 까마귀의 울음소리만큼 사람들의 귀와 가슴에 부

---

27) 『金顯承全集 1・詩』, 161—162면.

덮칠 수는 없을 것이고, 느끼고 생각하게 할 수도 없을 것[28]이라고 김현승 시인은 말하고 있다. 한마디로 '까마귀'는 인간의 고독과 天刑을 그 빛깔과 소리로써 형상화한 새로 김현승 시인의 고독감을 나타내 주고 있다. 더욱 신에게 버림받은 시인의 고독을 절실하게 상상케 하기도 한다.

이 새는 '검은 빛'과 연결되어 나타난다. 이 빛은 "모든 빛과 빛들이 / 반짝이다 지치면,/ 숨기어 편히 쉬게 하는 빛."이면서 "그러나 붉음보다도 더 붉고 / 아픔보다도 더 아픈,/빛을 넘어 / 빛에 닿은 / 단 하나의 빛."(「검은 빛」)이기도 하다. 이 '검은 빛'은 사물과 현상을 드러내던 色으로서의 빛이 다 사라지고 남은 '빛의 정수'로서의 빛을 의미한다.

결국 검은 빛을 띤 '까마귀'는 존재의 유한성을 극복하는, 초월의 의미를 함축하고 있는 대상으로서 기독교적 세계관과 접맥되어 있다. 산 까마귀 울음소리는 가장 근원적인 순수한 소리이고 시인이 못다 이룬 꿈을 이루어줄 수 있는 희망인 동시에 그 사라짐의 끝에서 상징이며 구원의 언어를 말하는 새라 할 수 있다. 그러기에 까마귀는 "언어는 본래 / 침묵으로부터 고귀하게 탄생한,"(3연) 것을 대변해 주듯 할 말을 줄여간다. 이것은 시인이 「白紙」에서 白紙를 들어올리는 행위에 가까와지는 모습을 보여준다. "까아욱―"이 "깍―"으로, 시인의 자화상을 잘 드러내는 '겨울 까마귀'(「겨울 까마귀」)인 것이다. 겨울 까마귀도 그 소리를 멎게 되면 저 너머의 세계로 사라질 것이다. 까마귀도 마지막 한 음절이면 족한 것일까? 곧 침묵으로 향하는 마지막 소리!

이 검은 빛은 이제 곧 흰 빛으로 바뀔 것인가? "너희는 세상의 빛이라."(You are the light of the World. ―마태복음5장 14절). 김현승 시인이 마지막 행위로 詩作에서 "白紙를 들"었듯이(「白紙」), 이 '겨울 까마

---

28) 「겨울 까마귀」, 『金顯承全集 2・散文』, 399면.

귀'도 마지막 소리 "깍—"을 들어내면, 같아지게 될 것인가? 겨울 까마귀는 "깍—"이라는 한 음절을 하늘에다 그리면 그것으로 족한 것이다. 겨울 까마귀는 이 한 음절로 자신의 말을 다 한다. 잘 말하는 것은 잘 느끼는 것이고, 잘 생각하는 것이고, 잘 쓴다는 것이다. 이것이 바로 시인의 자화상인 것이다.

> 산까마귀
> 긴 울음을 남기고
> 해진 수평선을 넘어간다.
>
> 사방은 고요하다!
> 오늘 하루 아무 일도 일어나지 않았다.
>
> 나의 넋이여,
> 그 나라의 무덤은
> 평안한가.

—「마지막 地上에서」[29] 전문

이 시에서 나타난 '산까마귀' 역시 시인의 영혼, 즉 영혼의 고뇌와 비애를 노래하는 시인 자신을 나타낸다. 그것은 초월지향적이고 구원의 표상을 나타내며 영혼의 슬픔과 괴로움에 속하는 새로 천형의 어둠을 지닌 원죄의 빛을 상징하는 동시에 밝음을 수렴하는 통일의 빛을 뜻한다.

1연에서 산까마귀는 긴 울음을 남기고 해진 지평선을 넘어간다. '겨

---

29)『金顯承全集 1 · 詩』, 342면.

울까마귀'가 울어대던 1음절 ("깍—")의 여운 (「겨울 까마귀」)이 '산까마귀'로 넘어 오면 그 1음절(여운 포함)도 사라지고 긴 울음만 남기고 해진 지평선을 넘어가는 것이다.

2연에 오면, 그러기에 "사방은 고요하다!" 그리고 "오늘 하루 아무 일도 일어나지 않았다." 사방이 고요하고, 오늘 하루 아무 일도 일어나지 않은 것은 퍽 다행스런 일이다. 이 얼마나 평안한가?

3연에서 시인은 '산까마귀'를 "나의 넋"으로 부르고 있다. 해가 지평선을 넘어간 산까마귀이자 시인 자신이기에, 곧 이를 "그 나라의 무덤은 평안한가?"라고 자신에게 묻고 있다. 여기서 '그 나라'는 '천국', 유토피아(utopia)를 뜻하는 것일까? 'u'는 없다는 뜻이다. 이 지상에는 없는, 저 너머에 있는 그래서 시인은 '마지막 地上'이라고 명명한 것인기? 이미 건너가는 새에게 시적화자는 말을 건네는 것이다. "그 나라의 무덤은 / 평안한가"라고. 그 마지막 지상, 무덤을 건너기만 하면 저 세상으로 가는 것이다. 이게 이 시의 묘미인 것이다.

이 마지막 3연은 그동안 신을 잃은 고독을 노래하던 것과는 달리하여 자아와 신과의 관계 회복을 보여준다. 여기에서 김현승 시인에게 나타난 고독의 의미는 더욱 뚜렷해진다. 곧 김현승 시인은 신을 잃은 절대고독의 경지에 들어갔으나, 그것 자체가 종교에로 절대귀의하기 위한 하나의 과정이었던 것이다. 그 계기야 전술했듯이 둘째 아들의 결혼식 후 고혈압으로 쓰러졌고, 그 후 그 사건을 신이 개입한 사건으로 받아들여 신을 회의하던 그가 다시 종교에로 귀의하기에 이른 것이다. 그러기에 그에게 있어 고독의 극복은 자아와 신과의 관계, 나아가서는 大他者와의 관계를 회복하는 것이다. 여기서 대타자란 폴 틸리히에 의하면, "거룩하신 자"요 "전적 타자(entirely other)[30]를 뜻한다.

---

30) Paul Tilich, 「信仰의 力學」, 李炳燮 역, 『世界基督敎思想全集』제 8권, 新太陽

앞에서 '대타자'란 神, 인간, 자기 자신을 의미한다고 보았다. 그런데 이 시에 오면 그 의미가 더 확장되어 나타난다. 이제 '대타자'는 시인의 자화상인 '산까마귀'에까지 이른 것이다. 산까마귀는 긴 울음을 남기고 해진 지평선을 넘어 갔지만, 마지막 지상에서는 사방이 고요하고, 오늘 하루 아무 일도 일어나지 않았다. 그리하여 시적 화자는 1연과 2연의 대비를 통하여 마지막 지상을 넘어가는 새에게 묻고 있다. "그 나라의 무덤은/ 평안한가"라고. 이승과 저승의 경계성마저 넘어버리면, "그 나라의 무덤"도 열려버리는 것일까? 부활하신 예수그리스도처럼, 이 시는 그 직전의 김현승 시인의 시세계를 드러내주고 있다. 그러기에 그 빈 공간에서 시인은 더욱 고독한 것이다.

IV. 결론

폴 틸리히[31]는 信仰과 懷疑는 서로 矛盾되는 것이 아니라 信仰은 그것 自體와 그것 自體 안에 있는 懷疑 사이에 계속되는 緊張으로보고 있다. 다시 말하자면 김현승 시인은 50대에 이르러 고독을 발견하여 신을 잃은 고독을 노래하는 경지에까지 이르다가 마침내 신에게로 귀의하는 과정을 밟고 있다.

한국시사에서 김현승 시인만큼 철저하게 신을 잃은 고독을 노래한 이도 드물다. 그는 스스로를 "운명적으로 이 도시 문명으로부터 소외된 한 사람의 시인", "한 마리의 까마귀"[32] 임을 자처하였다. 결국 '믿

社, 1975, 21면.
31) Paul Tilich, 『基督教와 다른 宗教』, 정진홍 역, 大韓基督教書會, 1969, 14면.
朴丁禮, 앞의 논문, 118에서 재인용.
32) 鄭尙均, 『韓國現代詩文學史研究』, 翰信文化史, 1990, 250면.

음의 시—회의의 시—믿음의 시'를 노래한 신앙인인 동시에 시인인 것
이다.

결국 김현승 시인은 한국문학에서 '神의 疎外'된 시대에 살면서 한
인간으로서 느끼는 '고독'을 노래했고 그 고독 속에서 상상력의 십자
가를 짊어지고 시를 썼다. 이 점만으로도 김현승 시인은 고독을 노래
한 시인으로서 한국시사에 영원히 살아 남을 것이다.

그 고독의 의미는 대타자와의 관계 속에서 나타나고 있음을 앞에서
살펴보았다. 여기서 대타자란 神, 인간, 나 자신, 산까마귀를 상징하고
있음도 보았다. 그 대타자와의 관계 속에서 김현승 시인은 철저하게
고독했고, 그 견고한 고독, 절대고독을 시로 뽑어냈다. 그 고독을 까마
귀로 등장시킴도 보았다.

세상을 살면서 고독을 지키는 것은 인간의 의미요 사랑하는 것은 인
간의 권리이다. 김현승 시인은 그의 시에서 이것을 동시에 드러내고
있다. 첫째, 사랑(명사)은 神이요, 사랑하는(동사) 것은 인간인데(「人間
의 意味」), 이 틈새에서 고독을 드러내고 있다. 둘째, 인간들(「白紙」)
속에서 고독이 나타나고 있으며, 셋째 나 자신(「白紙」) 속에서 철저하
게 고독함을 보여주고 있다. 마지막으로 까마귀(「겨울 까마귀」, 「마
지막 지상에서」)와의 관계 속에서까지 그 고독은 확장되어 나타나고
있다. 이 까마귀는 시인의 자화상으로 시인의 슬픔과 기쁨을 동시에
드러내는 초월의 새로 그 상징의미를 띠고 있다.

■ 참고문헌 ■

1. 기본자료

김윤식 엮음, 『이상문학전집 3』(수필), 문학사상사, 1995.

김현승, 『고독과 시』, 지식산업사, 1977.

_____, 『김현승전집 1·시』, 시인사, 1985.

_____, 『김현승전집 2·산문』, 시인사, 1985.

서정주, 『花蛇集』, 남만서고, 1941.

_____, 『歸蜀途』, 선문사, 1948.

_____, 『徐廷柱詩選』, 정음사, 1956.

_____, 『新羅抄』, 정음사, 1961.

_____, 『冬天』, 민중서관, 1968.

_____, 『질마재 신화』, 일지사, 1975.

_____, 『팔할이 바람』, 혜원출판사, 1988.

윤동주, 『하늘과 바람과 별과 시』, 정음사, 1948.

_____, 『하늘과 바람과 별과 시』, 정음사, 1955.

이승훈 엮음, 『이상문학전집 1』(시), 문학사상사, 1996.

정지용, 『정지용전집 1·시』, 민음사, 1988.

_____, 『정지용전집 1·산문』, 민음사, 1988.

개역한글판 『성경전서』

2. 단행본

김　용,『'잃어버린 낙원'과 유토피아』, 한신문화사, 1996.

김용직,『현대시원론』, 학연사, 1988.

김유동,『아도르노사상』, 문예출판사, 1994.

김윤식·김현,『한국문학사』, 민음사, 1981.

김점용,『미당 서정주 시적 환상과 미의식』, 국학자료원, 2003.

김준오,『시론』, 이우출판사, 1988.

＿＿＿,『시론』(제4판), 삼지원, 1997.

김학동 편저,『한국현대시인연구③ 김영랑』, 문학세계사, 2000.

김화영,『미당 서정주의 시에 대하여』, 민음사, 1984.

마광수,『윤동주 연구』, 정음사, 1986.

서준섭,『한국모더니즘 문학 연구』, 일지사, 1988.

손진은,『서정주 시의 시간과 미학』, 새미, 2003.

신익호,『기독교와 한국 현대시』, 한남대출판부, 1988.

＿＿＿,『문학과 종교의 만남』, 한국문화사, 1996.

양병호 편저,『오매 단풍들것네』, 한국문화사, 1997.

오세영,『윤동주 연구』, 문학사상사, 1995.

원형갑,『서정주의 세계성-시의 현상학적 조명』, 도서출판 들소리, 1982.

유관호 편저,『색채이론과 실제』, 청우, 1991.

유동식,『한국종교와 기독교』, 대한기독교서회, 1995.

윤재웅,『미당 서정주』, 태학사, 1998.

＿＿＿,『문학비평의 규범과 탈규범』, 새미, 1998.

이수정,『미당시의 현대성과 불멸성 시학』, 국학자료원, 2007.

최동호,『현대시의 정신사』, 열음사, 1985.

최현식,『서정주 시의 근대와 반근대』, 소명출판사, 2003.

한국문화상징사전편찬위원회,『한국문화상징사전』, 동아출판사, 1992.
홍희표,『꿈의 정직함과 시의 넉넉함』, 세종문화사, 1994.

3. 논문

감태준,「미당과 목월의 거리(下)」,『월간문학』170, 1983. 4.
강신주,「한국현대기독교시연구」, 숙명여대박사논문, 1991.
강우식,「서정주시의 상징연구―초기 시집을 중심으로」, 한양대석사논문, 1983.
강성자,「서정주와 윤동주의 자의식 비교」,『청람어문학』7, 1992. 7.
강준성,「소월, 미당, 지훈, 三家誌考-한국시의 전통적 맥락을 중심으로」,『내륙문학』15, 1980. 6.
고 은,「서정수 시대의 보고」, 조연현 외,『서정주연구』, 동화예술선서, 1980.
구중서,「서정주와 현실도피―역사시의 본령과 서씨의 경우」,『청맥』2의 5, 1965. 6.
김동일,「서정주시 연구-화자를 중심으로」, 성균관대교육대학원, 1989.
김명인,「1930년대 시의 구조 연구―정지용·김영랑·백석의 시를 중심으로」, 고려대박사논문, 1985.
김선학,「설화의 시적 수용―『질마재 신화』를 중심으로」,『한국문학연구』3, 1981. 2.
_____,「한국현대시의 시적 공간에 관한 연구」, 동아대박사논문, 1989.
김시태,「서정주의 역설적 의미」,『서정주연구』, 동화예술선서, 1980.
김영석,「실향의식과 시간의 단절-김영랑론」,『한국 현대시의 논리』, 삼경문화사, 1999.
김영주,「서정주시의 상징성에 관한 연구」, 경북대석사논문, 1980.

김용직,「직정미학의 충격파고—서정주론」,『현대시』3의 2, 1992. 2.

김용태,「서정주론」,『현대문학』269, 1977. 5.

김우규,「문학과 신학의 경계」,『기독교사상』152호, 1971. 1.

김우창,「실내작가론 ①」,『월간문학』, 1969. 3.

_____,「한국시와 형이상」,『서정주연구』, 동화예술선서, 1980.

김운학,「한국현대시에 나타난 불교사상」,『현대문학』, 1964. 10.

김은자,「한국현대시의 공간의식에 관한 연구」, 서울대박사논문, 1986.

김인환,「서정주의 시적 여성—『화사』에서『질마재신화』까지의 거리」,
    『문학과 지성』8, 1972년 여름호, 1965. 6.

김장선,「미당 서정주시의 원형적 고찰」,『조선대교육대학원교육논총』2
    의 2, 1987. 2

김재홍,「미당 서정주-대지적 삶과 생명에의 비상」,『한국현대시인연구』,
    일지사, 1986.

김정순,「한국현대시에 나타난 낙원사상고-서정주와 박두진을 중심으로」,
    『인간과 미래』4, 1976. 12.

김정신,「서정주 시의 변모과정 연구」, 경북대박사논문, 2000.

김종길,「「추천사」의 형태」,『서정주연구』, 동화예술선서, 1980.

김준오,「비가적 세계와 순수자아—영랑론」,『가면의 해석학』, 이우출판
    사, 1987.

김창근,「한국현대시의 원형적 상상력에 관한 연구」, 부산대박사논문,
    1992.

김춘수,「『귀촉도』기타」,『서정주연구』, 동화예술선서, 1980.

김학동,「서정주시인론, 」,『서정주연구』, 동화예술선서, 1980.

_____,「신라의 영원주의-서정주의『신라초』를 중심으로」,『어문학』24,
    1971. 4.

_____,「현대시인논고(其 10)—서정주의 시를 중심으로(上)」,『대구대동

양문화』5집, 1966. 6.

김해성, 「서정주론-그의 불교사상을 중심으로」, 『월간문학』, 1981. 8-9.

김화영, 「미당 서정주론(上)」, 『세계의 문학』29호, 1983년 가을호.

김 훈, 「정지용 시의 분석적 연구」, 서울대박사논문, 1990.

김홍규, 「영랑의 시와 세계인식」, 『세계의 문학』, 1977년 가을호.

김희보, 「기독교문학은 무엇인가?─그 본질」, 『한국문학과 기독교』, 현대
　　　사상사, 1979.

남기혁, 「1950년대 시의 전통지향성 연구」, 서울대박사논문, 1998.

류근조, 「미당시에 있어서 Ethos적 영원성에 관한 연구」, 『충남대대학원
　　　연구보고서』, 1974. 1.

문덕수, 「신라정신에 있어서의 영원성과 현실성」, 『서정주연구』, 동화예
　　　술선서, 1980.

박상렬, 「서정주 작품연구─초기시를 중심으로」, 고려대교육대학원, 1977.

박정례, 「김현승시연구」, 인하대박사논문, 1990

박진환, 「부활 시인의 신경향─서정주씨의 足跡」, 『동국대국어국문학보』
　　　1호, 1958. 12.

박철석, 「미당 시학의 변천고」, 『한국문학논총』3, 1980. 12.

변해숙, 「서정주시의 시간성 연구」, 이화여대석사논문, 1987.

서정주, 「작고문인회고<상>─영랑의 일」, 『현대문학』, 1962. 12.

_____, 「김영랑과 그의 시」, 『한국의 현대시』, 일지사, 1982.

_____, 「김영랑과 박용철」, 『육자배기 가락에 타는 진달래』, 예전사,
　　　1985.

송 욱, 「서정주론」, 『서정주연구』, 동화예술선서, 1980.

송희복, 「서정주 초기시의 세계」, 『현대시학』268, 1991. 7.

신동욱, 「서정주의 「추천사」 해석」, 『서정주연구』, 동화예술선서, 1980.

신병은, 「신화적 인물의 시적 변용에 관한 고찰」, 조선대석사논문, 1985.

오세영, 「모란이 피기까지는」, 『한국현대시 분석적 읽기』, 고려대학교출판부, 1998.

오형엽, 「서정주 초기시의 의미구조 연구―이원성과 그 융합의 의지를 중심으로」, 고려대석사논문, 1989.

유승우, 「김영랑의 시세계 연구」, 『한국현대시인연구』, 국학자료원, 1998.

육근웅, 「서정주시 연구」, 한양대박사논문, 1990.

이성부, 「서정주의 시세계―『서정주전집』을 읽고」, 『창작과 비평』26, 1972. 12.

이숭원, 「정지용시 연구」, 서울대석사논문, 1980.

이어령, 「피의 순환과정-미당시학」, 『문학사상』180, 1987. 10.

＿＿＿, 「한국시의 두 갈래길」, 『지성의 오솔길』, 1967. 8

이영희, 「한국현대시에 나타난 삶의 인식방법 연구」, 경희대박사논문, 1987.

이용훈, 「개인적 생명의식에의 집념―서정주론」, 『국어교육』16호, 1970. 2.

이진홍, 「서정주시의 심상연구」, 영남대박사논문, 1988.

전상렬, 「서정주론」, 『시문학』3, 1971. 10.

정봉래, 「서정주론서설」, 『비평문학』4, 1990. 9.

정신재, 「미당시의 공간의식-초기시를 중심으로」, 『동악어문논집』18, 1983. 10.

정지용, 「영랑과 그의 시」, 『정지용전집2·산문』, 민음사, 1994.

조수주, 「한국시사상의 "순수"론에 대하여―1930년대를 중심으로」, 청주대석사논문, 1985.

조연현, 「서정주론」, 『서정주연구』, 동화예술선서, 1980.

＿＿＿, 「원죄의 형벌」, 김시태 편, 『한국현대 작가·작품론』, 이우출판사, 1988.

주 옥, 「서정주시의 설화수용양상 연구」, 서강대석사논문, 1983.

채명식, 「미당시와 정념통어의 방법-『서정주시선』을 중심으로」, 『동악
　　어문논집』24, 1989. 12.

채현주, 「윤동주 시에 나타난 기독교 정신」, 성균관대 교육대학원, 1991.

천이두, 「지옥과 열반」, 『서정주연구』, 동화예술선서, 1980.

최동호, 「산수시의 세계와 은일의 정신-지용시가 나아간 길」, 이숭원 편
　　저, 『정지용』, 문학세계사, 1996.

최원규, 「서정주연구-「꽃」의 의미를 중심으로」, 『국어국문학』49 · 50
　　합병호, 1970. 10

＿＿＿, 「서정주의 「화사」-존재의 심연과 관능의 음악」, 정한모·김재홍
　　편저, 『한국 대표시 평설』, 문학세계사, 1983.

최하림, 「시와 고독」, 숭실어문학회 편, 『다형 김현승 연구』, 보고사, 1996.

허세욱, 「도잠과 이백과 미당 사이」, 『서정주연구』, 동화예술선서, 1980.

홍신선, 「여성·전상적 의미의 성당-서정수의 시」, 『현대시학』, 1974. 10.

4. 번역서

Aleida Assmann, 『기억의 공간』, 변학수 외 옮김, 경북대학교출판부, 2003.

Auther Danto, 『사르트르의 철학』, 신오현 역, 민음사, 1985.

Curt Hohoff, 『기독교 문학이란 무엇인가』, 한숭홍 역, 두란노서원, 1986.

Dietrich Bonhoffer, 『나를 따르라』, 허혁 역, 대한기독교서회, 1987.

Gaston Bachelard, 『물과 꿈』, 이가림 역, 문예출판사, 1986.

＿＿＿＿＿＿＿, 『물의 정신분석 · 초의 불꽃 외』, 민희식 역, 삼성출판
　　사, 1992.

Harald Weinrich, 『망각의 강 레테』, 백설자 옮김, 문학동네, 2004.

Henri Bergson, 『물질과 기억』, 홍영실 옮김, 교보문고, 1991.

J.P.Richard, 『시와 깊이』, 윤영애 역, 민음사, 1984.

Martin Heidegger,『예술작품의 근원』, 오병남·민형원 공역, 경문사, 1979.

Paul Tilich,『세계기독교사상전집』제 8권, 이병섭 역, 신태양사, 1975.

Philip Weelwright,『은유와 실재』, 김태옥 역, 문학과 지성사, 1982.

René Wellek/Austin Warren,『문학의 이론』, 백철/김병철 역, 신구문화사, 1982.

Roland Bartes,『텍스트의 즐거움』, 김희영 역, 동문선, 2002.

Wassily Kandinsky,『예술에 있어 정신적인 것에 대하여』, 권영필 역, 열화당, 1981.

5. 외국 저서

アト-ド · フリ-ス,『イメ-ジシンボル事典』, 大修館書店, 1984.

J.E.Cirlot,『A Dictionary Symbols Philosophical Library』(New York), 1962.

김정신(金貞信)

· 제주 출생
· 시인, 문학박사
· 경북대학교 사범대학 국어교육과 졸업
· 동 대학원 국어국문학과 석사, 박사
  과정 졸업

►저서
· 『서정주 시정신』(2002)
►시집
· 『묘비묘비묘비』(1992)
· 『이 그물을 어찌하랴』(2008)

한국 현대시 바로 보기

지은이| 김정신

인쇄일| 초판1쇄 2009년 5월 01일
발행일| 초판1쇄 2009년 5월 03일
펴낸이| 정구형
  총괄| 박지연
  편집| 강정수 이원석
디자인| 김숙희
마케팅| 정찬용
  관리| 한미애 이은미
펴낸곳| 새미
      등록일 2005 03 15 제17-423호
      서울시 강동구 성내동 447-11 현영빌딩 2층
      Tel 442-4623 Fax 442-4625
      www.kookhak.co.kr
      kookhak2001@hanmail.net

  ISBN| 978-89-5628-307-4 *93800
  가격| 13,000원